Berndt Marmulla   Die Gärtner-Bande

Aus Gründen des Persönlichkeitsschutzes wurden alle Namen von Tätern und Opfern verfremdet. Namensgleichheiten sind dem Zufall zuzuschreiben.

Alle Bilder stammen aus dem Privatarchiv des Autors, ausgenommen S. 89: Stiftung Preußischer Kulturbesitz / Bernd Heyden.

Berndt Marmulla

# Die Gärtner-Bande

und drei weitere Fälle

Bild und Heimat

Von Berndt Marmulla liegen bei Bild und Heimat außerdem vor:

***Der Kinderwagen-Brandstifter*** *und vier weitere Verbrechen*
(Blutiger Osten, 2019)

***Der Weihnachtsmord*** *und vier weitere Verbrechen*
(Blutiger Osten, 2019)

ISBN 978-3-95958-267-4

1. Auflage
© 2020 by BEBUG mbH / Bild und Heimat, Berlin
Umschlaggestaltung: capa
Umschlagabbildung: Chris Keller / bobsairport
Druck und Bindung: CPI Moravia Books s. r. o.

In Kooperation mit der SUPERillu
*www.superillu-shop.de*

## Inhalt

Vorwort     **7**

Die Gärtner-Bande     **9**

Hilfeschreie in der Nacht     **68**

Brennpunkt »Kutte«     **96**

Die Spur der Steine     **139**

# Vorwort

## Verbrechen in der DDR

Die in diesem Buch geschilderten Straftaten waren nach dem damaligen Kriminalitäts- und Rechtsverständnis Verbrechen und dadurch in nicht unerheblichem Maße Unruhefaktoren innerhalb der Gesellschaft. Die gesellschaftspolitische Aufgabe der Volkspolizei, insbesondere der Kriminalpolizei, war es, diese Verbrechen so schnell wie möglich aufzuklären und die Straftäter der Gerichtsbarkeit zuzuführen. Diese Aufgabe hatten die überwiegende Mehrheit meiner Kollegen und ich verinnerlicht.

Diebstähle aller Art, unbefugte Benutzungen von Fahrzeugen, Betrügereien, Körperverletzungen, Sachbeschädigungen und andere kleine und mittlere Delikte bestimmten den polizeilichen Alltag.

Die in diesem Buch beschriebenen Straftaten widerspiegeln zugleich den täglichen Ablauf von Ermittlungen und polizeilichen Handlungen der Kriminalisten und anderen Polizeiangehörigen. Die stellenweise Beschreibung der kollegialen Zusammenarbeit der Polizisten, vornehmlich der Kriminalisten, und ihres Umgangs miteinander beruht auf Tatsachen. Auch wenn es natürlich im Alltag Probleme menschlicher und dienstlicher Art gab, die gemeinsame Aufgabenerfüllung stand im Mittelpunkt des täglichen Miteinanders.

In einer Institution wie der Polizei ist auch aus der Sicht des Autors ansonsten eine erfolgreiche Arbeit nicht möglich.

Der Blick zurück auf diese Kriminalitätsfälle ist zugleich ein Blick auf die jüngere Geschichte Deutschlands. In einem entscheidenden Punkt unterschied sich unsere Arbeit im Osten ganz und gar nicht von jener der Kollegen im Westteil unseres Landes: Es ging immer darum, möglichst schnell die Wahrheit ans Licht zu bringen.

Mein persönlicher Dank für die Unterstützung bei den Recherchen zu diesem Buch gilt Herrn Frank Ewald aus Berlin-Köpenick. Seine Ortskenntnis war für mich sehr hilfreich. Wertvolle Hinweise über soziale, bevölkerungstypische Handlungsweisen konnte er mir als langjähriger Bewohner Köpenicks und ehemaliger Inhaber der Whisky- und Weinhandlung *Weinoase* in der Köpenicker Altstadt vermitteln.

Besonders herzlich danke ich dem Journalisten Rolf Kremming, der mir bei der Arbeit an diesem Band durch regelmäßigen Gedankenaustausch ausgesprochen behilflich war.

Ebenfalls gilt mein Dank dem Verlag Bild und Heimat für das entgegengebrachte Vertrauen und die Unterstützung bei der Entstehung dieses Buches.

*Berndt Marmulla, Kriminaloberrat a. D.*
Berlin, Juni 2020

# Die Gärtner-Bande

Mittwoch, 8. Mai 1985

»40. Jahrestag der Befreiung vom Faschismus«. Arbeitsfrei mitten in der Woche. Das Volk jubelte. Die einen mit Fähnchen auf der Straße, andere mit Bier und Bockwurst im Berliner Ausflugslokal *Zenner* im Treptower Park.

Peter A. dagegen saß gelangweilt im *Roten Ochsen*, einer Eckkneipe in Berlin-Köpenick. Es war kurz nach dreizehn Uhr, und die Kellnerin stellte ihm das dritte Bier auf den Tisch. »Hübsches Ding«, murmelte Peter vor sich hin und blickte der schlanken Bedienung nach. *Diese Beine, dieser Gang, einfach perfekt.* Schon lange hatte er ein Auge auf die dunkelhaarige Rumänin geworfen. Aber jedes Mal, wenn sie ihn mit ihren dunkelbraunen Augen anschaute, ließ ihn sein Mut im Stich. Außer: »Na, wie geht es dir, Adelina?«, brachte er nichts heraus und fand sich höchst idiotisch dabei. Aber heute, so hatte er sich vorgenommen, heute würde er sie ansprechen und sie zum Essen in die HO-Gaststätte neben dem Rathaus einladen. Er hatte schon lange keine Freundin mehr gehabt und fand, dass es langsam mal wieder Zeit für traute Zweisamkeit wäre.

Während er gedanklich noch am Formulieren der richtigen Worte war, sah er beim Blick aus dem Fenster einen Mann Anfang vierzig aus einem dunklen Auto steigen. Von einem Moment auf den anderen war die hübsche Rumänin vergessen. Das Auto auf der anderen Straßenseite erforderte seine ganze Aufmerksamkeit. *Mensch Meier, der Kerl muss ja richtig Kohle haben*, dachte Peter. Und wenn Peter an Kohle dachte, kam auch die schönste Frau nicht gegen an.

Der Mann auf der anderen Seite war aus einem »Volvo« gestiegen! Solch ein Auto fuhren in der DDR nur Leute wie Funktionäre, Künstler und selbständige Handwerker. Und genau diese Art von Leuten mochte Peter, wenn auch anders, als diese es sich vorstellten. Wer so eine Kutsche fuhr, musste Knete haben, meinte sein Kumpan Dieter Gärtner, verriet aber nicht, woher er sein Wissen hatte. Aber zweifellos hatte er recht.

Erst vor vier Tagen hatte Peter mit zwei Kumpeln einem »Golf«-Fahrer einen Besuch abgestattet. Der Typ wohnte in einem noblen Einfamilienhaus in Berlin-Friedrichshagen, fünf Minuten vom Müggelsee entfernt. Was sie da abgeräumt hatten, war mehr gewesen, als die drei erwartet hatten. Jede Menge Bargeld, zwei Kassettenrekorder, mehrere verdammt teuer aussehende Ringe, eine goldene Kette und zwei fast nagelneue Kameras der Marke »Pentacon« hatten sie weggeschleppt. Der Tipp war von Dieter gekommen, und er hatte auch dafür gesorgt, dass sie sich akribisch auf den Einbruch vorbereitet und das Haus tagelang beobachtet hatten. Erst als sie wussten, dass die Bewohner tagsüber nicht im Hause waren, setzten sie ihren Plan in die Tat um. Unbemerkt von den Nachbarn betraten sie das Grundstück durch die nicht abgeschlossene

Gartentür, brachen die Verandatür an der Rückseite des Hauses auf und landeten direkt im Wohnzimmer. Staunend blieb das Trio neben dem Sofa aus Samt stehen. »Glotzt nicht so lange rum«, trieb Dieter seine Kumpane an. »Ick will Weihnachten noch zu Hause feiern.« Pflichtbewusst lachten die beiden, hatten sie diesen Spruch doch schon ein Dutzendmal gehört. Also marschierten sie durch die fünf Räume des Hauses und ärgerten sich, dass sie nur die Hälfte von dem wegschleppen konnten, was sie wollten. »Kiekt mal, da hängt 'n Franzose«, erklärte Dieter und zeigte auf ein Gemälde von Claude Monet. »Scheiß drauf«, meinte Peter, »das ist bestimmt eine Kopie. »Wir kieken lieber mal in den Safe hinter dem Schreibtisch.« Für Dieter kein Problem. Mit brachialer Gewalt und dem Einsatz eines speziellen Hebelwerkzeugs, einem sogenannten Knabber, war der Tresor eine halbe Stunde später auf. Das Trio schwieg und staunte. Im Safe lag bündelweise Geld. Fein säuberlich zu Zehnerstapel abgepackt mit jeweils einem Gummi drum. 45.000 DDR-Mark und 20.000 DM. In Windeseile packten sie das Geld in die mitgebrachten Taschen, noch ein letzter Blick durch die Zimmer, dann über die Terrasse zurück nach draußen. Zwei Querstraßen weiter stiegen sie in Wolfgangs dunkelblauen »Škoda 1000 MB«.

Peter bestellte sich das vierte Bier und einen Nordhäuser Doppelkorn dazu und beobachtete weiterhin den »Volvo« auf der gegenüberliegenden Straßenseite. Adelina sah ihn von der Seite an und lächelte. Sie hatte längst begriffen, dass Peter auf sie stand. Und weil auch sie den schlanken jungen Mann mit der Windjacke mochte, machte ihr dieses Spiel richtig Spaß. Dass Peter ein Einbrecher war und von regelmäßiger Arbeit nicht viel hielt, ahnte sie nicht.

Schon fünfmal war er eingebrochen, und jeder »Bruch« war ein Erfolg gewesen. Bei zwei Einbrüchen war sein Kumpel René dabei gewesen. Mit vierundzwanzig Jahren war er der Jüngste von ihnen, frisch verheiratet mit einer Frau, die gern mehr Geld ausgab, als er beim Volkseigenen Betrieb (VEB) Funkwerk Köpenick verdiente. Und er selbst war scharf auf ein Auto. Wobei er dabei nicht an einen »Trabi« dachte, sondern an einen »Golf« aus dem Westen. Ihre bisherigen »Erfolge« konnten sich sehen lassen. Der Rubel rollte. Und dank der drei Funkgeräte, die René nach einer Nachtschicht in seiner Aktentasche aus dem Werk geschleppt hatte, konnten sie sich bei den Brüchen untereinander gut verständigen und das Risiko verringern, geschnappt zu werden.

Nur einmal wäre es fast in die Hose gegangen. Eine alte Dame, die ihren Dackel spazieren führte, hatte sich über René gewundert, der in Dieters Auto saß und in einen schwarzen Kasten hineinsprach. Selbst »Bruno«, ihrem Hund, kam das komisch vor, er bellte. Misstrauisch klopfte die alte Dame an das Seitenfenster und fragte, was er hier mache. Mit den Worten, er wäre vom örtlichen Wasseramt und kontrolliere mit seinen Kollegen die Leitungen, konnte er die alte Dame beruhigen. Auch »Bruno« hörte auf, zu bellen.

Drei Einfamilienhäuser hatten sie auf diese Weise

tagsüber ausgeraubt, zwei Betriebe in der Nacht. Peter kannte Dieter und Wolfgang aus dem Knast. Für ein paar Monate hatten sie sich sogar eine Zelle geteilt. Obwohl alle drei erst knapp über dreißig waren, hatten sie schon ein Vorstrafenregister von beachtlicher Länge. Autos geknackt, Wohnungen ausgeraubt, und bei Dieter kamen noch zwei Körperverletzungen hinzu. Sie waren nicht gerade das, was sich die sozialistische Gesellschaft wünschte.

Nach ihrer Entlassung aus der Rummelsburger Haftanstalt hatten sie sich immer mal wieder in einer der zahlreichen Köpenicker Kneipen auf ein Bierchen getroffen. Wobei es nicht immer bei dem einen blieb. Peter und Wolfgang waren geschieden, lebten aber mit neuen Partnerinnen zusammen. Dieter war verheiratet und wohnte mit seiner Frau in einer Dreiraumwohnung in der Köpenicker Altstadt. Wie er an dieses Schmuckstück gekommen war, blieb sein Geheimnis. Nur einmal machte er im angetrunkenen Zustand die Bemerkung, er kenne eine Frau von der Wohnraumvergabe, mit der er hin und wieder mal ins Bett gehe und die ihm bei der »Wohnungssuche« behilflich gewesen wäre.

René war nicht vorbestraft und wohnte in Berlin-Weißensee. Er und Dieter hatten sich in *Jahns guter Stube* in der Köpenicker Bahnhofstraße kennengelernt. Beide kamen am Tresen ins Gespräch, und wie es der Zufall wollte, hatten beide gerade Ärger mit ihren Ehefrauen. Dieters Melanie war mal wieder sauer, weil er Socken, Hemd und Hose neben dem Bett hat liegen lassen und außer Unordnung nichts in der Wohnung machte. René hatte sich anhören müssen, dass schon wieder zu wenig Geld in der Haushaltskasse war. So gab ein Wort das andere, und am Ende waren sie sich einig, dass es wahre Liebe nur unter Männern gäbe. Drei Tage später saßen sie wieder am Tresen, und Dieter fragte René, ob er Lust hätte, sich ein paar Mark nebenbei zu verdienen. Hatte er, und eine Woche später trafen sie sich zur ersten Lagebesprechung in Dieters Wohnung.

Alle vier standen in Lohn und Brot, arbeiteten in Volkseigenen Betrieben und führten nach außen hin ein ganz normales bürgerliches Leben. »Nie wieder in den Knast. Nur nicht auffallen, auch nicht wegen asozialen Verhaltens dem Arbeiter-und-Bauern-Staat gegenüber«, war ihre Devise. So blöd wollten sie nie wieder sein.

Nachdem Peter sich seinen Erinnerungen hingegeben hatte, parkte der »Volvo« immer noch an der gleichen Stelle. Peter sagte der Kellnerin Bescheid, er würde gleich wiederkommen, müsse nur mal eben schnell was erledigen. Adelina schaute ihm hinterher und nahm sich vor, ihn heftig anzuflirten, wenn er zurückkäme. Sie beobachtete Peter, wie er hastig über die Bahnhofstraße lief und ein »Wartburg« seinetwegen eine Vollbremsung machen musste. Peter stellte sich in die Nähe des »Volvo«, tat so, als würde er auf jemanden warten und merkte sich das Kennzeichen. Dann schnell zurück in den *Ochsen*, bevor er das Kennzeichen wieder vergessen hatte. Er notierte sich die Nummer auf einem Bierdeckel und steckte ihn in die Hosentasche. Inzwischen war es fünfzehn Uhr, und Adelina wollte

Feierabend machen. Schließlich rannte sie schon seit halb sieben heute Morgen durch den Laden. »Vier Bier, macht drei Mark zwanzig.« Der Doppelkorn ging aufs Haus.

Adelina beugte sich zu Peter hinunter und lächelte ihn fröhlich an. Der Duft von »Florena – Eau de Cologne« stieg ihm in die Nase, er schloss die Augen. »Wenn du nicht weißt«, sagte sie, »was du nachher machen willst, kannst du mich ins Kino einladen. Ich habe nämlich gleich Feierabend.«

Zehn Minuten später verließen sie den *Ochsen* in Richtung Kino …

## Samstag, 11. Mai 1985, Präsidium der Volkspolizei am Alexanderplatz, Dezernat X

Mein Tag hatte gut angefangen. Ich bin ausgeruht aufgewacht, die Sonne schien mir ins Gesicht. Als Erstes machte ich das Radio aus. Ich wollte mir den Tag auf keinen Fall von Horrornachrichten vermiesen lassen. Gabi war auch gut drauf. Das zeigte sich daran, dass sie schon Brötchen gekauft und Kaffee gekocht hatte. Sie lächelte. Ich lächelte. Unser sechzehnjähriger Sohn Thomas schlief sich aus. Das war ihm lieber, als mit uns zu frühstücken. Alles roch nach einem angenehmen Tag. Obwohl es Samstag war, hatte ich Dienst. Denn Verbrecher gehen weder in Urlaub, noch bleiben sie am Wochenende zu Hause. Munter schwang ich mich aufs Fahrrad und radelte die Berliner Straße in Richtung

Alex runter. Selbst der blöde »Trabi«-Fahrer, der mir die Vorfahrt nahm, konnte mir die gute Laune nicht verderben.

Im Flur lief mir Helmut über den Weg. Ein Kollege mit über dreißig Jahren Berufserfahrung, mit dem ich schon so manchen Fall gelöst hatte. »Hallo Berndt, muss mal eben noch schnell aufs Klo, dann bin ich gleich bei dir«, grinste er und verschwand hinter der schon seit Wochen quietschenden Tür mit dem »H« drauf.

Eine halbe Stunde später saßen meine Truppe und ich um den Konferenztisch in meinem Dienstzimmer. »Gemütliche Zusammenkunft« nannten wir es. Offiziell hieß es »Lagebesprechung«. Ich hatte mich inzwischen gründlich vorbereitet und die wichtigsten Punkte auf einem Zettel notiert: Wir hatten vier Brennpunkte in Arbeit. Drei aus dem Bereich Sexualstraftaten, Missbrauch und Vergewaltigung und eine Einbruchsserie in Wohnungen. Als »Brennpunkte« bezeichneten wir alle örtlichen und überörtlichen Fälle, die entweder von unterschiedlichen Einzeltätern oder einer Bande begangen worden waren. Wir hatten also ausreichend zu tun. Die Stimmung im Dezernat war gut, hatten wir doch vor knapp einer Woche erst zwei Brennpunkte aufgeklärt. Die Täter befanden sich in Haft, und wir hatten die Ermittlungsverfahren an ein anderes Dezernat zur abschließenden Bearbeitung übergeben. Für die Ermittlung der Täter wurden wir sogar vom Polizeipräsidenten gelobt. Das war nicht unwichtig. So konnten wir uns bei weiteren Aufgaben der Unterstützung des Polizeipräsidenten gewiss sein.

Die Kaffeekanne machte die Runde. Dank unserer Schreibkraft Helga stand immer genug *MOKKA FIX* auf dem Tisch. Ich ließ mir den Stand der Ermittlungen vom Untersuchungsführer mitteilen, stellte Fragen zu noch offenen Ermittlungen und machte mir Notizen. Wieder einmal versagte der Kugelschreiber seinen Dienst. Ich befeuchtete ihn an der Spitze, doch das Ding blieb stur. Ich fluchte leise vor mich hin und ließ mir von Helga einen neuen Stift geben. Wie schon gesagt, ich wollte mir den Tag nicht verderben lassen. Nachdem wir alle Brennpunkte und die weiteren Vorgehensweisen besprochen hatten, verschafften wir uns einen Überblick über die allgemeine Kriminalitätslage in Berlin (Ost).

Helmut schmiss eine Runde *CLUB*. Leutnant (Kommissar) Klaus K. lehnte ab. Seit zwei Wochen war er Nichtraucher. Demonstrativ öffnete er das Fenster. Helmut wollte etwas sagen. Ich schüttelte den Kopf, und er schwieg. Insgeheim wussten wir sowieso alle, dass Klaus bald wieder rauchen würde.

Hauptmann (Hauptkommissar) Helmut H. räusperte sich. Der Arbeitsgruppenleiter »Einbruch« erklärte, wir müssten uns die Lage in der Inspektion Köpenick mal näher betrachten. »Wir haben ein paar unbekannte Täter, die mit hohem technischem Aufwand unterwegs sind. In erster Linie brechen sie in Einfamilienhäuser ein und schrecken auch vor gesicherten Stahlschränken nicht zurück. Ich glaube, von denen werden wir noch eine Menge hören.«

»Gut, Helmut, wir schauen uns die Sache mal vor Ort an«, bestätigte ich. Dann blickte ich zu Hauptmann

Manfred D., einer unserer drei Straftatenanalytiker im Dezernat X. Ihre Aufgabe war es, die zu bearbeitenden Brennpunkte und Verfahren ständig zu überprüfen und alle neuen Hinweise auszuwerten. Sie mussten Spurenvergleiche mit den Kriminaltechnikern absprechen, stets die Gesamtlage in Berlin (Ost) im Auge haben und jede Straftat in den einzelnen Inspektionen begutachten. Bildet sich hier ein Brennpunkt heraus? Passen neue oder zurückliegende Verbrechen zu den von uns aktuell anstehenden Straftaten? Also, eine verantwortungsvolle kriminalistische Analysetätigkeit. Seine Aufgabe war es nun, sich mit der Kripo in Köpenick in Verbindung zu setzen und sich alle Einzelheiten zu den Einbrüchen schildern zu lassen.

Der Rest des Tages verlief ohne besondere Vorkommnisse.

### Dienstag, 14. Mai 1985, neun Uhr

In den letzten beiden Tagen hatte jeder von uns seine ihm zugeteilten Aufgaben erfüllt, und wir saßen wieder am Tisch in meinem Büro. Das Erste, was auffiel: Klaus rauchte wieder. Alle grinsten, aber keiner sagte etwas. Hauptmann Manfred D. teilte uns als Erster etwas über seine Köpenicker Ermittlungen mit. Dabei erhob er sich. Das tat er immer, wenn er etwas sagen wollte. Er hatte das bei irgendeiner Fortbildung gelernt. Einem stehenden Redner würde man mehr Aufmerksamkeit schenken. Na gut!

»Es ist recht merkwürdig, dass von den ungeklärten Einbrüchen drei extrem auffällig sind«, hörten wir.

Pause! – Auch das hatte Manfred in seiner Fortbildung gelernt. Eine Pause erhöht die Spannung.

»Mach weiter, spann uns nicht auf die Folter«, murmelten einige Kollegen.

Manfred holte tief Luft und fuhr fort: »Auffällig ist, dass sich drei der ungeklärten Brüche sehr stark ähneln. Das heißt, sie weisen einige Gemeinsamkeiten auf.«

»Musst du mal näher erläutern«, bat Günter.

»Erstens: Es waren immer Einfamilienhäuser. Und zweitens: Nicht irgendwelche. Es sind, schon von außen gesehen, recht lukrative Bauten, in denen man gute Beute machen kann. Und die Leute verstehen ihr Fach. Sie kommen mit allerlei technischem Gerät zum Tatort und haben jedes Mal ziemlich robuste Wertbehältnisse geknackt. Sogar einen komplizierten Safe. Die Spurensicherung hat an zwei Tatorten identische Handschuh- und Werkzeugspuren gesichert.«

Dann noch einmal seine berühmte Pause.

»Doch da ist noch etwas, was mich stutzig macht. Alle Geschädigten haben nicht nur tolle Häuser, sondern besitzen auch Westautos. In ihren Garagen stehen ›Citroen‹, ›VW Golf‹ und ›Mazda‹. Außerdem noch Pkw vom Typ ›Wartburg‹ und ›Lada‹. Da ist doch jedem Außenstehenden sofort klar, dass hier was zu holen ist. Na, was sagt ihr nun?«

Ich sah seinem Gesicht an, dass er jetzt auf Lob aus war. Aber ich ließ ihn erst einmal schmoren. »Gibt es Verbindungen zwischen den Geschädigten?«

»Ja, tatsächlich. Zwei von ihnen sind angesehene und in Köpenick bekannte Handwerker mit eigener Firma.«

Meine anerkennenden Worte: »Gute Arbeit, Manfred, behalte die Entwicklung im Auge!«, kamen von ganzem Herzen.


Montag, 20. Mai 1985, Köpenick, Ecke Bahnhofstraße/ Elcknerplatz, *Jahns gute Stube*

»Mensch Atze, haste dir verlobt? Du hast ja Ringe unter de Oogen.« Wolfgang schlug seinem Kumpel Peter auf die Schulter. Der grinste und prahlte gleich mit seiner neuen Eroberung Adelina: »Ick sag euch, die Frau ist scharf wie eene Rasierklinge. Bin kaum aus dem Bett jekommen. Die hat mir keenen Moment aus den Händen jelassen. Habe sogar einen Tach blaujemacht.« Dieter und Wolfgang schauten Peter an und hielten ihre Daumen hoch.

Dann hielt Dieter drei Finger in die Höhe, was für den Wirt bedeutete, neue Biere zu zapfen. »Während du gevögelt hast, habe ich mich schon mal über den ›Volvo‹-Mann schlaugemacht. Der Typ hat jede Menge Kohle, und ich weiß auch schon, wo er wohnt. Das kann was werden. Aber das besprechen wir nicht hier in der Kneipe. Du weißt doch, wie das ist. An manchen Orten haben die Wände Ohren. Einzelheiten morgen bei mir zu Hause. Meine Olle weiß schon Bescheid.« Kaum hatte Dieter den Satz beendet, ärgerte er sich auch schon über seinen Knastjargon, den er einfach nicht loswur-

**20**

de. »René weiß auch Bescheid und will kommen. Er tat vorhin ziemlich geheimnisvoll, von wegen, er habe eine Überraschung für uns. Bin gespannt, ob er nicht nur eine große Fresse hat.«

Dann wechselten sie das Thema und hörten sich Peters Liebesgefummel bis in alle Einzelheiten an. Danach winkte Dieter dem Kellner und zahlte für alle, und sie verschwanden. Dieter und Wolfgang gingen brav nach Hause. Peter lag eine halbe Stunde später in Adelinas warmem Bett.

## Nächster Tag, Altstadt Köpenick, Wohnung Dieter Gärtner

Am nächsten Abend, pünktlich um zwanzig Uhr, trafen sich die drei Männer in Dieters Wohnung. Melanie hatte das Bier schon kaltgestellt, und der Nordhäuser Doppelkorn stand griffbereit auf dem Couchtisch. So wie es sich für eine »Geschäftsbesprechung« gehörte. Melanie hatte sich für den Besuch extra schick gemacht, was Dieter ziemlich sauer aufstieß. »Du bist doch nicht auf einer Modenschau«, maulte er seine Frau an. Sie zog sich daraufhin in die Küche zurück. Die Männer öffneten die Bierflaschen, gossen sich Schnaps ein, stießen an und warteten auf René. Der klingelte ein paar Minuten später und packte seine Überraschung aus. Drei neuwertige und funktionsfähige Nachtsichtgeräte. Alle staunten und klopften dem Jungen auf die Schulter.

»Die gehören zu einer Lieferung für die Nationale

Volksarmee. Und manchmal ist es ein langer Weg von Berlin nach Torgelow«, sagte René und grinste.

»Mensch René, hat das auch niemand gemerkt?« Dieters Stimme klang misstrauisch und vorsichtig wie immer. Mit zusammengekniffenen Augen blickte er auf René.

»Keine Sorge, Dieter, ich kenne den einen und anderen noch aus meiner Wehrdienstzeit in Torgelow.«

Dieter kniff die Augen stärker zusammen. Er meinte zwar, die Dinger wären für die »Nachtarbeit« sehr gut geeignet, aber man sah ihm an, dass ihm die ganze Sache nicht gefiel. »Okay, Jungs, lasst uns darauf einen trinken«, lenkte er schließlich ein und schenkte die vier Schnapsgläser voll.

Nach einer weiteren Runde Korn besprach das Quartett den nächsten Raubzug. Dieter klärte die anderen über den »Volvo«-Mann auf, einen in Grünau wohnenden Heizungsbauer. »Der Typ hat eine eigene Werkstatt und verdient eine Menge Schotter. Ich bin mir sicher, dass er davon nicht mal die Hälfte versteuert. Soll uns aber schließlich egal sein.« Dann erzählte er, dass der Mann ein Wassergrundstück mit Steg und eigenem Motorboot besitze und dass sich seine Werkstatt hinter dem Wohnhaus befinde. »Hier arbeiten zwei Gesellen, und wie es aussieht, sind die Auftragsbücher voll. Mit anderen Worten: Hier ist was für uns zu holen.«

»Welcher Vogel hat dir denn das geflüstert?«, wollte Peter wissen.

Dieter schwieg, und keiner fragte nach.

Dann besprachen sie die Einzelheiten und beschlossen, den Bruch entweder an einem Wochenende zu starten oder zu warten, bis die Familie im Urlaub ist. Nachts einzubrechen, erschien ihnen zu riskant. Ein Familienmitglied könnte vielleicht wach werden und sie überraschen. Sie einigten sich aber darauf, den Bruch so schnell wie möglich anzugehen. Schließlich brauchten sie alle Geld. Nur eines bereitete ihnen Sorgen: die auf dem Grundstück befindliche Werkstatt. Sind vielleicht die Gesellen oder Kunden vor Ort? Also hieß es, erst einmal zu schauen, wann die Luft rein und keiner vor Ort ist. Sie überlegten, wer von ihnen als Kunde die Lage ausspionieren sollte. Nach langem Hin und Her beschlossen sie, dass ein persönlicher Auftritt von einem von ihnen wegen der eventuellen Wiedererkennungsgefahr zu gefährlich wäre. Vielleicht könnte sich später einer der Gesellen an den »Kunden« erinnern.

Melanie hatte sich inzwischen umgezogen und zu den Männern gesetzt. Sie hatte mitbekommen, worum es ging, und meldete sich zu Wort. »Mensch Männer, macht doch nicht alles so kompliziert. Lasst mich das machen«, warf sie in die Runde. »Mich bringt doch später niemand mit dem Einbruch in Verbindung.«

Die Lösung gefiel allen. Schließlich war Melanie nicht vorbestraft und auch nicht polizeibekannt. Melanie war begeistert. War sie bisher immer nur als Dieters Anhängsel wahrgenommen worden, konnte sie jetzt beweisen, dass sie dazugehörte. Nun waren sie zu fünft.

Melanie holte neues Bier aus der Küche, goss die Schnapsgläser noch einmal voll, und alle prosteten sich zu. Gleich in den nächsten Tagen würde sie die Heizungsfirma des »Volvo«-Mannes aufsuchen und nach dem Preis für eine Gasheizung für ein angeblich geerbtes Haus fragen.

»Zieh dir ein schickes Kleid an und flirte mit den Jungs«, lachte Peter. Die anderen grinsten. Dieter schaute Peter grimmig an. Dann rutschte er auf die vordere Sofakante und verschränkte die Arme vor der Brust. Seine Körperhaltung war eindeutig: *Ich bin hier der Boss!* Melanie legte eine Hand auf Dieters Schenkel. Das sollte beruhigend sein. Bewirkte aber genau das Gegenteil.

»Lass das!« Unwirsch schob er ihre Hand fort. Melanie schwieg, doch ihr Gesichtsausdruck verhieß nichts Gutes. Fühlte sie sich vor wenigen Minuten noch im Kreise der Jungs gut aufgehoben, hatte sie jetzt das Gefühl, Dieter wolle auf ihre Kosten den großen Macker spielen.

»Hört zu Männer«, versuchte Dieter, die peinliche Situation zu entschärfen. »Der Einbruch beim ›Volvo‹-Mann ist nur der Anfang. Ich will mit euch ein richtig großes Ding abziehen. Ich habe mir gedacht, wir besuchen mal ein Geldinstitut. Da ist mehr Bargeld zu holen als in Privathäusern.«

René und Wolfgang nickten. Sie waren sofort einverstanden. Peter dagegen war skeptisch. »Ein Raubüberfall? Da mache ich nicht mit. Ich habe nämlich wegen eines Raubes schon mal ein paar Jahre Knast erlebt.«

»Quatsch!« Dieter erhob sich. »Habe ich was von Überfall gesagt? Meine Idee ist genial. Wir werden von einer Baustelle neben der Sparkasse eine Wand durchbrechen. Was glaubt ihr, wo wir da landen?« Dieter machte eine bedeutungsvolle Pause und setzte sich wieder. »Genau, wir sind mit beiden Beinen im Kassenraum. Woher ich das weiß? Habe alles gut durchdacht und gecheckt. Habe mir sogar die Baupläne für das Haus besorgt.«

»Welche Bank meinst du denn?« Peter blickte fragend in die Runde. Man sah ihm an, dass er von dem Vorschlag alles andere als begeistert war.

»Die Sparkasse Alt-Köpenick, am Schlossplatz!«

»Mann, ey, da ist doch immer Hochbetrieb.«

»Aber nicht in der Nacht oder an den Wochenenden.« Dieter war merklich sauer über Peters ständige Einwände und verließ das Zimmer.

Nun hörten sie ihn im Nebenzimmer rumhantieren. Keiner wusste, was er dort machte. Alle schwiegen. Die Luft im Raum war stickig geworden. Es roch nach Schnaps und Bier. Melanie öffnete das Fenster. Als Dieter nach ein paar Minuten zurückkam, schleppte er eine schwere Holzkiste. »Schaut mal, was ich habe.« Er öffnete die Kiste. Eine Sauerstoffflasche und eine Acetylenflasche mit passendem Schweißbrenner kamen zum Vorschein. Die Geräte waren klein und handlich; nicht so riesig, wie die in den meisten Betrieben benutzten Flaschen. Keiner wunderte sich, da alle wussten, dass Dieter als Schlosser und Schweißer im VEB Kabelwerk Oberspree beschäftigt war. »Da staunt ihr, was!? Und euch ist doch wohl auch klar, dass ich damit umgehen kann.«

René und Wolfgang nickten. Auch Peter schien seine

**25**

Vorbehalte aufzugeben. »Na gut, wenn das so ist …«, brummelte er vor sich hin.

»Na, alle einverstanden? Wenn der Bruch gelingen soll, müsst ihr auch alle mitmachen. Jeder von uns hat seine Aufgabe. Wenn nur einer versagt, geht alles in die Hose. Kapiert?«

Die Begeisterung für das neue Vorhaben wuchs. Während Melanie in die Küche ging und Spaghetti kochte, verteilte Dieter die Aufgaben. »René sichert uns ab. Er bleibt mit seinem Funkgerät im ›Trabi‹ sitzen und hält Verbindung zu uns. Wir drei stemmen die Wand von der Baustellenseite her auf.« Er zeigte auf Wolfgang, Peter und sich selbst. »Einen Vorschlaghammer bringe ich mit. Ach ja, noch eine Aufgabe für dich, Wolfgang. Du musst Spitzhacke und Stemmeisen besorgen. Du bist doch Lagerarbeiter in einer Bude, die auch Abbrucharbeiten macht. Da kannst du solche Sachen doch problemlos besorgen. Oder?«

»Na klar, null Problemo«.

Nun meldete sich Peter zu Wort: »Noch zwei Fragen, Dieter. Hast du auch an eine Alarmanlage gedacht? Und wie weit entfernt wohnen die Nachbarn? Können die unsere Stemmgeräusche vielleicht hören?«

»Gute Fragen, Peter. Na klar habe ich auch daran gedacht. Die Alarmanlage ist im Moment aufgrund von Bauarbeiten nicht voll funktionstüchtig. Und was deinen Einwand wegen der Baugeräusche betrifft, müssen wir eine Nacht nutzen, in der es regnet und gewittert. Zum Glück hat der Wetterbericht für die nächsten Tage Gewitter und schlechtes Wetter angesagt. Also müssen wir bereit sein, sofort zuzuschlagen. Und das mit den Nachbarn ist kein Problem. In unmittelbarer Nähe wohnt niemand, und ein gewisses Risiko müssen wir schon eingehen. Außerdem, René passt ja auf.«

Inzwischen waren die Spaghetti fertig, und Melanie stellte einen großen Topf und fünf Teller auf den Tisch. Beim Essen war Schweigen angesagt. Man wusste sich schließlich zu benehmen. Man einigte sich auch darauf, den Frauen gegenüber eine glaubwürdige Erklärung für die Nacht des Einbruchs zu erfinden.

Als der Kasten Bier und die Flasche Doppelkorn geleert waren, verließen Peter, Wolfgang und René das Haus. Melanie setzte sich zu Dieter auf das Sofa und legte noch einmal ihre Hand auf seinen Schenkel, der sie diesmal nicht fortschob …

## Fünf Tage später, gegen drei Uhr, Altstadt Köpenick

Das von der Bande erhoffte Gewitter war zwar schon über Köpenick hinweggezogen, doch ab und zu blitzte und donnerte es noch in unregelmäßigen Abständen. Der Schlossplatz war menschenleer. Eine ideale Nacht für den Bruch. Nur ein Betrunkener torkelte über das Pflaster. Eine schwarze Katze schlich ihm hinterher. René saß in seinem »Trabi« und beobachtete die Szene. Die schwarze Katze sah er als schlechtes Omen. Ein Spruch von seiner Großmutter fiel ihm ein: *Schwarze Katze von rechts nach links, Unglück bringt's.* Zum Glück lief sie allerdings entgegengesetzt. Er atmete auf. Außer der Katze und dem Besoffenen war nichts zu sehen. Doch René war unruhig. Seit fünfundvierzig Minuten waren Dieter und die anderen nun schon auf der Baustelle, und er hatte noch nichts von ihnen gehört. Waren sie schon in der Sparkasse?

René war kurz vorm Einnicken, als ihn flackerndes Blaulicht aufschrecken ließ. *Verdammte Scheiße*, schoss es ihm durch den Kopf. Zwei Polizeifahrzeuge näherten sich mit hoher Geschwindigkeit. Zwei »Lada« mit Blaulicht. Um nicht gesehen zu werden, legte er sich über den Beifahrersitz. Ein Druck auf den Sprachknopf des Handfunkgeräts und Dieter meldete sich. »Was 'n los?«

»Mensch Dieter, hier schwirren Funkwagen durch die Gegend, habt ihr etwa Alarm ausgelöst?«

»Kann eigentlich nicht sein. Hier läuft alles nach Plan. Aber es ist besser, wir brechen sofort ab. Bleib im Auto und mach dich unsichtbar. Ende.«

Wolfgang, Dieter und Peter hatten tatsächlich schon die Seitenwand zur Sparkasse durchbrochen und befanden sich bereits im Vorraum. Sollten sie so kurz vor dem Ziel wirklich abbrechen? Doch Renés Warnung hatte so aufgeregt geklungen, dass Dieter sie nicht ignorieren wollte. »Los, schnell weg, die Bullen sind unterwegs. Packt alles zusammen, und dann ab zum Auto.« Der Fluchtwagen, der »Škoda 1000 MB« von Wolfgang, stand gleich in der Gutenbergstraße hinter der Langen Brücke.

## Zehn Minuten später, Wohnung Dieter Gärtner

Zehn Minuten später trafen sie in Dieters Wohnung in der Weinbergstraße ein.

Alle waren verärgert. Zumal René nicht auftauchte und sich auch nicht per Funk gemeldet hatte. Der Traum vom schnellen Geld war jedenfalls erst einmal geplatzt.

Melanie war durch den Lärm der Männer wach geworden und kochte Kaffee. Was war in Köpenick geschehen? Keiner wusste Bescheid.

Nach vierzig Minuten tauchte endlich René auf. Dieter rannte wie ein aufgeregter Puma durch das Zimmer und attackierte ihn sofort mit Vorwürfen: »Haste Schiss bekommen? Man, man! Haste Gespenster gesehen, oder wat?«

»Mensch Dieter, reg dich ab! Plötzlich tauchten zwei Funkwagen mit Blaulicht auf. Mindestens drei Bullen rannten in die Grünstraße, und ich hatte keine Ahnung, was die vorhatten. Aber ich dachte sofort, dass sie unseretwegen da sind.«

»Na und dann? Was ist weiter passiert?«

»Dann hörte ich laute Rufe aus der Grünstraße und habe noch gesehen, wie sie einen Mann abführten. Keine Ahnung, warum. Aber da hatte ich euch schon längst verständigt, und es war zu spät, euch zurückzuholen.«

»Man, man, man. Was ist nur mit dir los?«

»Mensch Dieter, dann kam auch noch ein dritter Funkwagen, und mehrere Polizisten suchten die Umgebung ab. Ich habe mich nicht mal getraut, das Funkgerät in die Hand zu nehmen. Erst nach einer halben Stunde sind die Bullen weggefahren.« René setzte sich und hob entschuldigend die Schultern.

Allen war klar, die Aktion war gescheitert und René hatte keine Schuld. Doch sie wussten auch: Der Einbruchsversuch in die Sparkasse würde entdeckt werden! Und dann?


## Polizeipräsidium Berlin, Dezernat X

Hauptmann Manfred D. kam schnaufend in mein Zimmer. »Berndt, in Köpenick tut sich was«, brachte er mühsam hervor.

»Langsam, langsam, atme erst mal durch.«

»Tschuldigung, Berndt, der Fahrstuhl ist kaputt. Zum zweiten Mal in diesem Monat. Ist doch zum Kotzen.«

»Was ist denn in Köpenick los?«

»Du weißt ja, diese auffällige Häufung von Einbrüchen. Stell dir vor, diesmal wurde die Sparkasse am Schlossplatz angegriffen. Die unbekannten Täter waren praktisch schon im Dienstraum der Sparkasse, sind dann aber geflüchtet. Weiß der Teufel, warum sie abgehauen sind. Von der Baustelle nebenan haben sie die Mauer aufgestemmt, sind dann allerdings durch irgendwas gestört worden und haben den Tatort fluchtartig verlassen.«

»Hört sich nach Arbeit für uns an, könnte vom Objekt her in unseren Zuständigkeitsbereich passen. Das gucken wir uns gleich mal vor Ort an. Manfred, hol schon mal den ›Wartburg‹, wir fahren nach Köpenick. Ich verständige vorher noch den Leiter der Kriminalpolizei Köpenick. Ach ja, sage Helmut noch Bescheid, der kann gleich mitkommen. Er könnte der neue Untersuchungsführer für den Fall werden.«

Manfred griff nach meinen Zigaretten, die auf dem Schreibtisch lagen. »Lass das, Manne! Mach lieber ein bisschen Sport. Sieh den kaputten Fahrstuhl als Chance, dich mehr zu bewegen.«


## Köpenick

Gemeinsam mit dem Leiter der Arbeitsgruppe »Schwere Straftaten« der Inspektion Köpenick, Oberleutnant (Oberkommissar) Jürgen H., fuhren wir zur Sparkasse am Schlossplatz. Hier war der Teufel los. Das schöne Wetter hatte halb Köpenick zum Wochenmarkt gelockt. Frauen mit Einkaufstaschen liefen zwischen den Ständen umher, blieben stehen, kauften oder ärgerten sich, dass es das, was sie suchten, nicht gab. Eine Frau mit Kittelschürze stritt sich mit dem Obstbauer, weil er ihr zu wenig Wechselgeld zurückgegeben hatte. Ich nahm mir vor, später auch ein paar Äpfel mit nach Hause zu nehmen.

Jürgen H. zeigte uns den Tatort. Viel zu sehen gab es eigentlich nicht. Ein Loch in der Mauer. Das war alles. Aber aus meiner Erfahrung wusste ich, dass der persönliche Eindruck wichtig ist. Wie sehen Tatort und Umgebung aus, wie riecht es hier, was für Menschen leben rundherum? So nahm ich mir ein paar Minuten Zeit und ließ die Umgebung auf mich wirken. Das hieß nicht unbedingt, dass mir eine Eingebung kommen würde. Viel eher war es ein kleiner Teil, der bei der weiteren Ermittlungsarbeit mit einfließen würde. Die Spurensicherung der Inspektion Köpenick und die Ermittlungen der Diensthabenden Gruppe (DHG) des Präsidiums waren mit ihrer Arbeit bereits fertig. Die Berichte würde ich am späten Nachmittag auf dem Tisch haben.

Die Diensthabende Gruppe (DHG) bei ihren Ermittlungen vor Ort

Nach der Tatortbesichtigung setzten wir uns in der Inspektion Köpenick zu einer Beratungsrunde zusammen. Drei nette und kompetente Kollegen von der Köpenicker Kripo und wir. Nur der Kaffee schmeckte mir nicht.

Während des Gesprächs wurde uns auch klar, warum die Einbrecher den Tatort fluchtartig verlassen hatten. Die Köpenicker Kripo berichtete, dass in der Nacht ein Notruf eingegangen war. Ein Anwohner hatte die Polizei über den Notruf 110 alarmiert, dass zwei Männer gerade versuchten, mit Gewalt in die *Weinoase* einzudringen. Die herbeigerufenen Funkwagen näherten sich dem in ganz Berlin beliebten Spezialgeschäft für Weine und Whisky. Die Polizisten waren umsichtig genug gewesen, das Blaulicht ein-, aber die Sirenen auszuschalten. Als sie der *Weinoase* näher kamen, sahen sie eine Person davonrennen. Zwei Ecken weiter hatten sie dem Täter Handschellen angelegt. Sein Komplize konnte erst entkommen, wurde aber am Vormittag ebenfalls festgenommen. Uns war sofort klar, dass dieser Einsatz die Sparkasseneinbrecher vertrieben hatte.

Das half uns jedoch im Augenblick auch nicht weiter. Allerdings vermuteten wir, dass die Bande ihren Plan nicht aufgeben würde. Das Einzige, was wir tun konnten, war, Schutzmaßnahmen für die Berliner Banken einzuleiten. Ziemlich wenig, doch mehr war im Augenblick nicht drin. Obwohl in der DDR damals Einbrüche in Geldinstitute oder Überfälle auf Banken selten vorkamen, waren wir in diesem Fall ziemlich sicher, diese Bande würde wiederkommen. Sie war viel zu professionell vorgegangen und auch gut mit Einbruchswerkzeugen ausgerüstet, als dass sie aufgeben würde.

Nachdem wir mit den Köpenicker Kollegen das Wichtigste abgeklärt hatten, fuhren Helmut, Manfred und ich ins Präsidium zurück. Allerdings mussten die beiden noch einmal am Markt anhalten und ein paar Minuten auf mich warten. Ich wollte noch zum Obststand und ein Kilo Äpfel kaufen. Kaum saß ich wieder im Auto, hatten meine Kollegen auch schon ihre Finger in meiner Obsttüte.

### Polizeipräsidium Berlin, Dezernat X

Im Büro angekommen, schnitt ich mir den letzten Apfel in kleine Stücke und aß ihn genüsslich auf. Eine halbe Stunde später tauchte Matze von der Spurensicherung auf und legte mir die Ergebnisse der Kriminaltechnischen Untersuchung auf den Tisch.

»Ziemlich dürftig, mein Lieber«, frotzelte ich und tippte auf die drei Seiten, die vor mir lagen.

»Ja, Berndt, ich liebe dich auch«, grinste er zurück.

Beim Durchblättern der Tatortfotos wurde ich stutzig. Was ich da sah, löste alte Erinnerungen in mir aus.

Auf den Bildern waren kreisrunde, etwa acht bis zehn Zentimeter große Abdrücke auf dem Fußboden zu sehen. Woher kannte ich solche Abdrücke? Ich grübelte hin und her und kam zu keinem Ergebnis. Jeder von uns hat doch sicher schon mal das Gefühl gehabt, etwas zu kennen, aber nicht zu wissen, was es ist. Genauso ging es mir in diesem Moment. Immer wieder schaute ich auf die Bilder und strengte meinen Kopf an. Nichts! *Rauch erst mal eine,* sagte ich mir und griff in die Zigarettenschachtel. Doch bevor ich mir eine *CLUB* anstecken konnte, war die Antwort da: Bei diesen Abdrücken handelte es sich ohne Zweifel um die Unterböden von Sauerstoff- und Acetylenflaschen. Dieses Material benötigt man für einen Schweißbrenner zum Zertrennen von Stahl. Woher ich das weiß? Mitte der sechziger Jahre hatte ich eine Lehre als Stahlbauschlosser und Schweißer absolviert. Ich wurde ja nicht als Kriminalist geboren.

Ich war mächtig stolz und erklärte den Kollegen, was ich vermutete. Die staunten nicht schlecht und wollten wissen, woher meine Erkenntnisse stammten. Ich erklärte ihnen, dass mein Vater dafür gesorgt hatte, dass ich erst einmal einen »anständigen« Beruf erlernte. »Ja, gelernt ist gelernt«, grinste ich und schaute in die Runde.

Manfred verließ kurz den Raum und ging zu Helga ins Nebenzimmer. Kurz darauf kam er mit vier Tassen »Erichs Krönung« zurück. Nun warfen wir alle unsere Gedanken und Erkenntnisse auf den Tisch. Die Täter waren keine Anfänger. Uns war klar, dass wir es mit einer logistisch operierenden und gut ausgerüsteten Einbrecherbande zu tun hatten. Was nun folgte, war Routine: Festlegen der Verantwortlichkeiten. Wer übernimmt die konkrete Bearbeitung des Einbruchs? Wer kümmert sich um ähnliche, noch nicht aufgeklärte Delikte? Außerdem mussten frühere, aber schon geklärte Fälle noch einmal gründlich ausgewertet werden. Vielleicht gab es Ähnlichkeiten. Und zuletzt noch die Frage, ob ein Zusammenhang zwischen den Einbrüchen in den Einfamilienhäusern und in Betrieben und der Sparkasse besteht?

Die Verantwortlichkeiten waren schnell geklärt. Mein Dezernat übernahm die Untersuchungsführung. Ich stellte eine Arbeitsgruppe, bestehend aus vier Kriminalisten meines Dezernats und zwei Kriminalisten der Inspektion Köpenick von der Arbeitsgruppe »Schwere Straftaten«, zusammen. Sitz der Einsatzgruppe: Inspektion Köpenick, Wendenschlossstraße 130. Leiter der Einsatzgruppe: Hauptmann Helmut H.

Die Kollegen der örtlichen Inspektionen waren für uns immer eine große Hilfe bei der Aufklärung und den Ermittlungen vor Ort. Sie waren mit den Örtlichkeiten vertraut und kannten die Menschen in ihrem Bereich, und sie waren, ebenso wie wir, auch hochqualifiziert. Ich kannte mich in der Materie gut aus. Vor meiner Einsetzung als Dezernatsleiter war ich in der Inspektion Pankow selbst Leiter der Arbeitsgruppe »Schwere Straftaten« gewesen.

Nachdem alles geklärt war, legten wir eine Pause ein. Die meisten von uns gingen in die Kantine. Es gab Erbsensuppe. Ich selbst packte meine Käsestullen aus, die Gabi mir mitgegeben hatte. Auf jede Käsescheibe hatte meine Frau eine Menge Schnittlauch gelegt. Ich schmunzelte. Wie schön ist es doch, zu wissen, dass es jemanden gibt, der die Vorlieben des anderen kennt.

Nach der Pause sahen wir uns am Konferenztisch wieder und begannen sofort mit einer nochmaligen

Analyse der in Frage kommenden Einbrüche. Das Ergebnis war folgendes: Von den insgesamt zweiundzwanzig ausgewerteten Einbrüchen ordneten wir sechs den unbekannten Tätern zu. Keine besonders große Anzahl, aber bei diesen Straftaten waren wir uns ziemlich sicher, dass hier unsere Täter am Werk waren.

Helga tippte unsere Erkenntnisse in die »Optima«-Schreibmaschine, und jeder von uns erhielt einen Durchschlag. Konkret ordneten wir den Tätern vier Einbrüche in Einfamilienhäusern in Köpenick zu. Zwei Einbrüche im Ortsteil Friedrichshagen, einen in Grünau und einen in Wendenschloss. Dazu kamen noch ein weiterer Einbruch in den VEB Armaturenwerk in der Mahlsdorfer Straße und der versuchte Bruch in die Sparkasse am Schlossplatz. Auffällig war, wie Manfred es bereits festgestellt hatte, dass bei den Einbrüchen in den Einfamilienhäusern alle Geschädigten einen West-Pkw besaßen. Wir nahmen an, dass die Täter es gezielt auf solche Autobesitzer abgesehen hatten, weil sie in ihren Häusern größere Werte vermuteten.

Die nächste Frage, die sich stellte, war: Wie kamen sie an diese Informationen? Sahen sie die Autos zufällig auf der Straße und verfolgten sie bis zum Wohnsitz? Hatten sie Kontakte zur Kfz-Zulassungsstelle oder zur Verkehrspolizei? Oder sind sie zufällig an die Informationen gekommen? In jedem zweiten TV-Krimi heißt es: »Wir ermitteln in alle Richtungen.« Auch wir prüften alle Versionen und zogen sie bei unseren Ermittlungen in Betracht. Allerdings erschien uns das »Prinzip Zufall« am unwahrscheinlichsten.

Mitten in der Auswertungsphase kam ein Anruf der Diensthabenden Gruppe des Präsidiums. Einbruch in die Zentrale Schulverwaltung in Berlin-Weißensee, Parkstraße. Diesmal war der Tatort zwar kilometerweit vom Stadtbezirk Köpenick entfernt, doch die Kollegen der DHG, die als Erste vor Ort waren, waren sich schnell einig: Das waren die gleichen Täter wie in Köpenick! Ausschlaggebend für die Feststellung war die Tatsache, dass übereinstimmende Werkzeugspuren vom Tatort Sparkasse und dem jetzigen in Weißensee gesichert werden konnten. Es handelte sich um die Spuren eines Bolzenschneiders und eines Stemmeisens, die an beiden Tatorten gleich waren. Das schnelle Ergebnis war dem glücklichen Umstand zu verdanken, dass die gleiche Dienstschicht der DHG am Tatort war, die auch beim versuchten Einbruch in die Sparkasse am Schlossplatz die Untersuchungen geführt hatte.

Manfred holte den Dienst-»Wartburg« vom Hof.

Berlin-Weißensee, Parkstraße

Wir fuhren in die Parkstraße. Es war ein wundervoller Tag, und während der Fahrt war ich mit den Gedanken schon bei heute Abend. Ich würde Gabi und Thomas zum Essen einladen. Wir würden uns in einen gemütlichen Biergarten setzen und den Tag ausklingen lassen. So einen Familienabend hatten wir schon lange nicht mehr veranstaltet. Vollbremsung!

»Du Idiot«, schimpfte Manfred auf seinen Vordermann. »Haste das gesehen? Fährt einfach aus der Parklücke raus, ohne in den Rückspiegel zu gucken!«

Ich nickte. Manfred fuhr weiter.

Zehn Minuten später waren wir vor Ort und schauten durch das aufgebrochene Kellerfenster in den Heizungsraum. Neben dem Einstiegsfenster hingen lose Telefonkabel aus der Wand. Vermutlich hatten die Täter gedacht, dass es sich um eine Alarmanlage handeln würde. An der Tür am Ende des Raumes, die ins Innere des Gebäudes führte, hing ein mit dem Bolzenschneider aufgeknacktes Vorhängeschloss. »Nicht eben elegant gemacht, aber sehr wirkungsvoll«, murmelte Manfred vor sich hin.

Wir stiegen die Treppe in den ersten Stock hinauf und drängten uns durch die ebenfalls mit dem Bolzenschneider aufgetrennten Gitterstäbe. Links daneben eine Tür mit der Aufschrift »Hauptkasse«. Ein guter Tipp für die Einbrecher. Ich lächelte. Wie die Spurensicherung feststellte, brachen die Täter diese Tür auf und knackten die zwei im Raum stehenden Stahlschränke. Einen durch Aufbohren des Schlosses, den anderen durch Aufhebeln der Tür. Mehrere Stahlkassetten waren gewaltsam geöffnet worden und lagen auf dem Boden. Weiterhin wurde ein Wandtresor mit einem Schneidbrenner aufgetrennt. In ihm fanden die Täter 45.000 Mark in bar. Beute insgesamt: 70.000 Mark.

Die Tatzeit konnten wir vom Vortag achtzehn Uhr bis zum aktuellen Tag sieben Uhr eingrenzen. Die weiteren Ermittlungen im Umfeld des Tatorts ergaben keine brauchbaren Täterhinweise.

Vier Wochen später, Köpenick, Ortsteil Grünau,
Regattastraße, Heizungsfirma »Liebrich«

Melanie hatte sich ihr selbstgenähtes Kleid angezogen.
Das mit dem bunten Blumenmuster. Sie hatte es letzte
Woche auf ihrer »Veritas«-Nähmaschine nach einem
Schnittmuster aus der Modezeitschrift Sibylle genäht.
Nun stand sie vor dem Spiegel und war mit sich und ihrem Aussehen zufrieden. Das Kleid war kurz genug, um
ihre langen Beine zu zeigen, aber lang genug, um nicht
anrüchig zu erscheinen. Noch ein bisschen Lippenstift
aufgelegt, und ab ging die Post.

Dieter war auf Arbeit, und sie selbst machte sich auf
den Weg zur Heizungsfirma »Liebrich«. Sie genoss die
Blicke der Männer, die unverhohlen ihren schlanken
Körper bewunderten. Dieter dagegen hatte nur wieder
einmal sein mürrisches Gesicht aufgesetzt und keinen
Ton verloren. Eine halbe Stunde später stand sie vor
dem Wassergrundstück in der Regattastraße. Der frisch
gestrichene Jägerzaun, der Rosenstrauch, die bunten
Blumen, das schicke Einfamilienhaus, der Bootssteg …
Mein lieber Mann, dachte sie, hier könnte ich es eine
Weile aushalten. Wenn sie dagegen an ihre Wohnung
dachte … Na ja, das würde ja bald ein Ende haben. Me-
lanie betrat das Grundstück und klopfte höflich an die
Milchglastür der Werkstatt.

»Herein«, rief der Firmeninhaber Liebrich aus dem
Büro. »Was haben Sie für ein Problem, wie kann ich Ihnen helfen?«

»Herr Liebrich, ich habe kürzlich ein Haus in Eichwalde geerbt, das saniert werden muss. In allen Räumen ist noch Ofenheizung. Das ist doch nicht mehr zeitgemäß. Mein Mann und ich haben ein bisschen Erspartes und wollen eine moderne Heizung einbauen lassen. Ich glaube, da können Sie uns bestimmt helfen.«

»Aber nehmen Sie doch bitte Platz. Darf ich Ihnen einen Kaffee anbieten?«

»Danke, ein Glas Sprudelwasser wäre mir lieber.«

»Gerne doch.«

Melanie schlug die Beine übereinander und bedankte sich.

»Möglich ist es schon, aber Sie wissen ja, Material ist äußerst rar, und ich habe eine Menge Voranmeldungen. In diesem Jahr wird es wohl nichts mehr. Aber ich schau mal, was ich machen kann. Dazu müsste ich mir vorher natürlich mal Ihr Haus anschauen. Wo in Eichwalde ist es denn?«

Blitzschnell überlegte sich Melanie eine Adresse. »Das Haus ist in der Wagnerstraße«, sagte sie und hoffte, dass es diese Straße auch wirklich gäbe. Sie lächelte.

»Na gut, in zwei Monaten könnte ich vorbeikommen. Aber erst einmal fahren wir in den Urlaub. Wird auch höchste Zeit. Immer nur arbeiten ist auch nicht gut. Meine Familie freut sich darauf, endlich aus dem Alltagstrott rauszukommen.«

Mit dieser Mittteilung hatte sie nun wirklich nicht gerechnet. Melanie hätte vor Freude in die Luft springen können. Dann tauschten sie und der Meister noch ein paar Belanglosigkeiten aus. Liebrich fragte sie nach ihrer Telefonnummer. Melanie nannte irgendeine aus

Köpenick, die ihr in den Sinn kam. Bei der Verabschiedung warf sie einen Blick auf den Wandkalender und sah, dass die ersten drei Augustwochen rot durchgestrichen waren. Sicherheitshalber aber fragte sie noch einmal nach. »Wann, sagten Sie, sind Sie im Urlaub?«

»Vom 3. bis 24. August. Da geht's mit unserem Motorboot bis hoch an die Ostsee. Sozusagen Abenteuerurlaub.«

Melanie verließ das Grundstück und war mit dem Ergebnis zufrieden.

Auch Liebrich hatte einen guten Eindruck von der potentiellen Kundin. Exquisit gekleidet, teures Ohrgehänge, und auch die Halskette und Fingerringe waren bestimmt nicht billig.

**Samstag, 6. Juli 1985, Präsidium der Volkspolizei Berlin, Dezernat X**

Dienstbesprechung »Einbrüche Köpenick«.

»Leider sind wir trotz intensiver Ermittlungen und der Mithilfe aller Einsatzkräfte den Tätern keinen Schritt näher gekommen. Immerhin haben wir aber bei unserer Arbeit zwei Täter ermittelt, die vier Einbrüche in Köpenick und Treptow begangen haben. Aber die haben absolut nichts mit unseren ›Spezialisten‹ zu tun. Was machen wir falsch? Übersehen wir wichtige Informationen? Hat jemand einen Vorschlag?«, warf ich in die Runde.

Hauptmann H., Leiter der Einsatzgruppe, antwortete:

»Ich glaube auch, dass wir etwas Wichtiges übersehen haben. Aber was? Im Moment habe ich nicht die geringste Ahnung. Aber ich denke, der Tatort in Weißensee war kein Zufall. Es muss eine Verbindung zwischen den Tatorten in Köpenick und der Schulverwaltung in Weißensee geben.«

»Gut, Helmut. Wir werden nochmals intensive Ermittlungen in Weißensee durchführen. Wir sollten uns noch einmal die Heizer des Gebäudes vornehmen. Vielleicht ist einer von ihnen Mittäter oder Tippgeber. Ansonsten haben wir, ausgehend von unserer Version, dass die Täter enge Beziehungen zum Bezirk Köpenick haben und vorbestraft sein könnten, keine weiteren Anhaltspunkte. Das heißt, wir müssen uns noch intensiver mit dem Kommissariat I der Inspektion Köpenick zusammenschließen.«

Ein Kommissariat I hatte jede VP-Inspektion. Diese Arbeitsrichtung hatte gedeckte Ermittlungen durchzuführen, enge Verbindungen zu Gaststättenleitern beziehungsweise Kneipenbesitzern zu halten oder V-Leute aus dem Milieu der Vorbestraften zu führen.

Bevor alle auseinanderliefen, meldete ich mich noch einmal zu Wort: »Ich bin mit allen Maßnahmen einverstanden. Möchte aber noch Folgendes bemerken. Nicht nur die Heizer sind interessant, auch die anderen Mitarbeiter. Und ich möchte noch einmal darauf hinweisen, dass die Täter, oder zumindest einer von ihnen, in einer Firma arbeitet, in der Schweißarbeiten durchgeführt werden. Davon bin ich fest überzeugt. Weitere Fragen?«

Niemand meldete sich, die Beratung war beendet.

»Morgen 16.30 Uhr treffen wir uns wieder am gleichen Ort; es sei denn, ihr habt bis dahin die Täter ermittelt!«

Meine letzten Worte lösten ein allgemeines Schmunzeln aus. Moral und Stimmung waren in Ordnung.


## Berlin-Weißensee, am Weißen See, Gaststätte *Milchhäuschen*

Ein sonniger Samstag Mitte August 1985. René P. und seine Ehefrau saßen mit »Schulle«, Renés ehemaligem Arbeitskollegen, seiner Frau und deren beiden Kindern auf der Terrasse vom *Milchhäuschen*. Die frühere Verkaufsstelle von Milchprodukten aus dem gemeindeeigenen Kuhstall ist bis heute ein beliebter Treffpunkt für Jung und Alt mit Blick auf das gegenüberliegende Strandbad Weißensee. Ein Liebespaar knutschte unter einem der roten Sonnenschirme, ein paar alte Damen ließen sich den Streuselkuchen in der HO-Gaststätte schmecken. René P. hatte seine Frau und seinen Kollegen samt Familie großzügig zum Essen eingeladen. Eis und Kakao für die Kinder, Schokotorte für seine Frau und Kasseler mit Sauerkraut für seinen Kollegen. Dazu Weinschorle und Bier.

»Mensch René, hast du im Lotto gewonnen …?«, fragte »Schulle«.

Als die Kellnerin kam, bestellte René eine neue Runde.

»Nee, im Lotto habe ich nicht gewonnen. Aber meine Tante aus Köln ist immer sehr großzügig. Bei ihrem letzten Besuch hat sie mir ein bisschen Westgeld in die Hand gedrückt. Ich habe dann West in Ost umgetauscht. Heimlich und unter der Hand natürlich. Aber das muss unter uns bleiben, klar!?«

Renés Kollege nickte.

»Weeste, Schulle, dank meiner Tante geht es mir recht gut. Ich werde mir sogar bald ein Auto leisten können.« René beugte sich über den Tisch und flüsterte: »Keinen popligen ›Trabi‹. Nee, ich kauf mir ein richtiges Auto, einen ›VW-Golf‹, gebraucht für 30.000 Mark.« René lehnte sich wieder zurück.

»Schulles« Blick schwankte zwischen Neid und Bewunderung. »Das freut mich für dich, René. Dann kannst du mich ja mal auf eine Spritztour einladen.«

»Kann ich machen. Und was gibt's Neues auf der Arbeit bei der Schulverwaltung? Wie fühlt man sich als Hausmeister? Bist ja sozusagen das Mädchen für alles.«

»Die Arbeit macht mir immer noch Spaß. Es gibt viel zu tun. Überall geht was kaputt, und dann sind meine geschickten Hände gefragt. Und das ist gut, so vergeht die Zeit immer schnell. Neuerdings haben wir sogar jeden Tag die Kripo im Haus. Seit dem Einbruch vor drei Wochen schleichen die Beamten ständig um uns rum. Mich und unsere beiden Heizer haben sie schon ein paarmal vernommen. Aber ich kann ihnen nicht weiterhelfen. Im Haus herrscht ziemlich viel Geheimnistuerei. Keiner von uns weiß, wie viel Geld gestohlen wurde. Die Schulverwaltung hält sich mit Informationen sehr zurück. Aber es muss eine ziemlich hohe Summe gewesen sein.«

»Schulles« Ehefrau fiel auf, dass René P. bei den letzten Worten ihres Mannes ziemlich dreist grinste, und fragte sich im Stillen, was das bedeuten könnte. Aber bevor sie eine Antwort gefunden hatte, normalisierte sich die Situation wieder. René bestellte eine Runde »Absacker«, und man verabschiedete sich fröhlich voneinander.

Zu Hause war »Schulles« Frau recht schweigsam. Auf seine Frage, was denn los sei, redete sich Monika mit Kopf- und Magenschmerzen heraus. Als sie später ins Bett gingen, sprach er sie noch einmal auf ihr merkwürdiges Verhalten an. »Was ist los mit dir, du hast doch ein Problem, komm schon, sprich mit mir!«

Erst druckste sie ein wenig herum, dann fing sie an, zu reden: »Liebling, ich weiß nicht, aber ich glaube, René hat etwas mit dem Einbruch in die Schulverwaltung zu tun.« Sie griff nach seinen Händen. Er schwieg. »Ich weiß, es klingt verrückt, aber ich werde das Gefühl nicht los, dass da irgendwas nicht stimmt. Ich habe ihn beim Erzählen beobachtet, und beim Thema Schulverwaltung hatte er einen eigenartigen Gesichtsausdruck. Es schien mir fast so, als hätte er schadenfroh gegrinst.« Nun war es raus. Unwillkürlich hielt sie die Luft an, und am liebsten hätte sie die letzten Sätze rückgängig gemacht.

Dann geschah auch genau das, was sie befürchtet hatte. Ihr Mann verteidigte seinen ehemaligen Arbeitskollegen ziemlich wortreich und meinte, das wären Profis gewesen, René wäre dazu gar nicht fähig. »Er ist ein feiner Kerl und würde mit solchen Kriminellen nie gemeinsame Sache machen.« Dann drehte er sich auf die andere Seite, knipste das Licht der Nachttischlampe aus und schwieg. Ende des Themas. Doch so sehr sich »Schulle« auch bemühte, die Worte seiner Frau gingen ihm nicht mehr aus dem Kopf. Hatte er etwas übersehen? War sein Kumpel wirklich so harmlos, wie er glauben wollte? An Schlaf war nicht mehr zu denken. Er begann, zu grübeln. Die Flamme des Misstrauens war gezündet.

## Donnerstag, 22. August 1985, Präsidium der Volkspolizei Berlin

Ich war früher im Büro als sonst. Ich hatte eine Menge Papierkram zu erledigen, und ich wollte die unangenehmen Dinge schnell vom Tisch haben. Die Putzfrau schaute mich wie ein Gespenst an, denn um sechs Uhr morgens hatte sie mich hier noch nie erlebt. Sie grüßte, schnappte sich den Staubsauger und verschwand im Nebenzimmer. Ich schlug das *Neue Deutschland* (ND) auf und überflog die Schlagzeilen:

*Tagsüber Mahd der Gerste, abends geht es in den Weizen*
*Cottbuser Erntekollektive helfen im Bezirk Dresden*
*Neubrandenburg (ND). Die Bauern und Arbeiter der*
*Landwirtschaft prüfen täglich die Getreidefelder, ob Reife und Feuchtigkeitsgehalt der Körner die Ernte ermöglichen. Jede mögliche Erntestunde wird genutzt, um das*

*Korn schnell und verlustarm einzubringen. Von 91 Prozent der 2020 Hektar haben die Bauern der LPG Wredenhagen, Kreis Röbel, das Getreide abgeerntet …*

Ich blätterte eine Seite weiter:

*Was Neuerer leisten und wie sie Tempo mitbestimmen*
*Eine kleine Nachricht, ganze zehn Druckzeilen lang, ging vor Tagen durch die Zeitungen. Mancher mag sie ob ihrer Kürze sogar übersehen haben. Doch sie vermeldete einen volkswirtschaftlich sehr interessanten, gewichtigen Tatbestand. In der DDR, so war da zu lesen, werden jährlich rund 140.000 Neuerervereinbarungen zur Verwirklichung von Rationalisierungslösungen abgeschlossen …*

*Hört sich alles gut an, aber muss ich das alles wissen?*, fragte meine innere Stimme. Erst der Sportteil interessierte mich wirklich:

*DDR-Leichtathleten in Zürich erfolgreich*
*Siege für Sabine Busch, Heike Drechsler, Cornelia Oschkenat, Thomas Schönlebe und Uwe Hohn*
*72 Stunden, nachdem sich die DDR-Nationalmannschaften in Moskau für den Weltcup im Oktober in Canberra qualifiziert hatten, ging eine kleine Auswahl am Mittwochabend im Züricher Letzigrund-Stadion unter idealen Bedingungen beim traditionellen Schweizer Meeting an den Start und vermochte dort trotz der Belastung der letzten Tage die internationale Spitzenposition unserer Leichtathletik zu unterstreichen …*

*Tolles Mädel, diese Heike Drechsler, und gut sieht sie auch noch aus*, dachte ich und legte die Zeitung beiseite. Nun machte ich mich über die Berichte meiner Mitarbeiter her, las sie durch und bestätigte sie durch Kurzzeichen. Zum Schluss segnete ich noch die Büromaterialbestellung ab. Gerade wollte ich das ND noch einmal durchblättern, als mir Kaffeeduft in die Nase wehte. Helga war unbemerkt ins Büro gekommen und hatte eine Kanne hingestellt und mir sogar schon eine Tasse eingegossen. Ohne Milch und Zucker. Schwarz wie die Westen meiner Kunden im Dezernat. Helga strahlte über das ganze Gesicht, und ich fragte mich, was sie wohl Schönes erlebt hatte. Aber ich wagte es nicht, sie zu fragen. Ich packte das ND auf den Konferenztisch, falls noch jemand Bedarf an Bildung hatte.

Eine halbe Stunde später war die Runde komplett. Hauptmann Helmut H. und der Auswerter Manfred D. berichteten die Ermittlungsergebnisse der letzten Woche. Wieder waren die Täter erfolgreich in ein Einfamilienhaus in Köpenick eingestiegen und hatten reichlich Schmuck, Bargeld und phonotechnische Geräte weggeschleppt. Das Opfer war der selbständige Heizungsbauer Liebrich aus der Regattastraße in Grünau. Wie in den anderen Fällen gab es auch hier keine Zeugen. Nicht einmal sogenannte »Hörzeugen« konnten wir ermitteln. Fingerabdrücke gab es auch keine. Wie in den anderen Fällen fanden wir auch hier jede Menge Werkzeug-, Handschuh- und Faserspuren. Und diesmal kamen noch Haare und Blut hinzu. Es waren gut verwertbare Spuren, doch beim jetzigen Stand der Ermittlungen nützten sie uns wenig. Um Spurenvergleiche durchführen zu können, brauchten wir Verdächtige für den Abgleich, und die gab es nicht.

Da der Einbruch während des Urlaubs der Hausbesitzer stattgefunden hatte, beschloss ich, die Familie am nächsten Tag gemeinsam mit zwei Kollegen aufzusuchen und sie nochmals zu befragen, wer von ihrem Urlaub wusste. Ich hatte das untrügliche Gefühl, die Antwort könnte uns weiterhelfen.

»Ich habe noch eine Information, die dich bestimmt interessiert«, sagte Klaus, bevor ich mich verabschieden wollte. »Bei den Ermittlungen in der Schulverwaltung Weißensee sind wir bei der Befragung des Hausmeisters auf eine interessante Person gestoßen. Ein ehemaliger Arbeitskollege des Hausmeisters hat sich bei einem Umtrunk mit ihm auffällig für die Schulverwaltung interessiert. Er soll auch in der letzten Zeit zu ungewöhnlich viel Geld gekommen sein. Eigentlich ein feiner Kollege, verheiratet, hat keine Kinder, ist nicht vorbestraft und auch im Wohngebiet nicht negativ aufgefallen.«

»Wie alt ist der Mann?«

»Vierundzwanzig Jahre, seit zwei Jahren verheiratet und soll ein guter Fachmann im Bereich der Funktechnik sein.«

»Na, sieh an, du warst ja richtig fleißig. Das ist wirklich eine interessante Spur. Weiter so, aus dir wird noch mal ein Maigret.« Danach trennte ich mich von den Kollegen, und wir verabredeten uns für den nächsten Morgen um neun Uhr vor dem Präsidium.

Das Wetter war viel zu schön, um mich in die Bahn zu

setzen, und ich machte mich zu Fuß auf den Weg nach Hause. Unterwegs kaufte ich noch zwei Päckchen »Halloren-Kugeln«. Eines für Gabi, eines für mich. Sollte doch ein gemütlicher Abend werden.

## Einen Tag später in Berlin-Köpenick, Grünau, Regattastraße 3

Nochmalige Befragung der Familienmitglieder. Wie ich gehofft hatte, war dem Heizungsbauer noch eine wichtige Begebenheit eingefallen. Herr Liebrich gab uns einen Hinweis auf eine unbekannte weibliche Person, die ihm erzählt habe, sie und ihr Mann hätten ein Haus in Eichwalde geerbt und wollten eine Zentralheizung einbauen lassen.

»Wenn ich mich recht erinnere, muss sie ungefähr sechs Wochen vor unserem Urlaub bei mir gewesen sein. Eine sehr attraktive Frau, die großen Wert auf ihr Äußeres legte. Ach ja, da fällt mir noch ein, als ich sie nach der Adresse fragte, hat sie kurz gezögert, bevor sie mir die Wagnerstraße nannte. Zum Abschied fragte sie noch, wann wir in den Urlaub fahren würden, und gab mir ihre Telefonnummer.«

Die sofortige Überprüfung ergab, dass weder die angegebene Anschrift in Eichwalde stimmte, dort wohnte eine ältere Dame, noch die hinterlassene Berliner Telefonnummer. Irgendwie hatte mich mein Bauchgefühl mal wieder nicht getäuscht, und meine Kollegen sahen das ebenso. Wir waren uns einig, dass die Täter die Frau als Spionin in den Handwerksbetrieb geschickt hatten. Sie sollte das Gelände und die Umstände vor Ort auskundschaften. Ich bat Liebrich darum, noch heute ins Präsidium zu kommen und sich Fotos in der Täterkartei anzuschauen.

Zwei Stunden später erschien Liebrich im Präsidium und blätterte geduldig Foto für Foto die Lichtbildkartei durch. Er zuckte mit den Achseln. Die Frau war nicht dabei. Danach beschrieb er sie einem unserer Porträtzeichner. Zum Glück war Liebrich ein visueller Typ, das heißt, er konnte sich sehr gut an das Gesicht der Frau erinnern und es dem Zeichner detailliert beschreiben. Schmales Gesicht, Mitte zwanzig und dunkle kurze Haare. Besonders gut waren ihm die großen dunklen Augen und die vollen Lippen in Erinnerung geblieben.

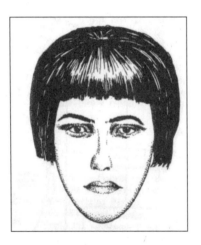

Die Phantomzeichnung, die anhand der Beschreibungen des Geschädigten Liebrich angefertigt wurde

Und natürlich auch die langen schlanken Beine. Doch die waren für das Fahndungsbild nicht wichtig. Am Freitagabend lag das Bild vor. Das Ergebnis der Phantomzeichnung stimmte uns optimistisch. Endlich hatten wir eine konkrete Spur.

## Montag, 26. August 1985

Am darauffolgenden Montag führten wir verdeckte Ermittlungen über René P. durch. Um nicht viel Zeit zu verlieren, hatten wir uns aufgeteilt. Eine Gruppe recherchierte an seinem Wohnort Weißensee, die andere Gruppe fragte sich auf seiner Arbeitsstelle im Funkwerk Köpenick durch. Bis auf zwei vage Erkenntnisse kam nicht viel dabei heraus. Es wurde zwar bestätigt, dass René P. in den letzten Monaten tatsächlich großzügig mit Geld umgegangen war und dass man ihn im Funkwerk Köpenick mit dem »Verlust« von mehreren Nachtsichtgeräten in Zusammenhang brachte. Doch das alles waren nur Vermutungen ohne konkrete Beweise.

Bei der nächsten Lagebesprechung fassten wir noch einmal alles zusammen.

Wir hatten das Phantombild, und wir hatten verstärkte Fußstreifen und Funkwagen in den gefährdeten Ortsteilen eingesetzt. Außerdem die in Köpenick wohnhaften und vorbestraften Einbrecher überprüft. René P. aus Berlin-Weißensee bekam den Titel »Sonderspur Weißensee«. Und wieder war es unsere fleißige Helga, die alle bisherigen Ermittlungsergebnisse zusammenfasste und jedem eine Kopie aushändigte.

In uns rumorte es. Kein Kriminalist kann ruhig schlafen, wenn er bei seinem Fall nicht weiterkommt. Obwohl wir auch noch andere Straftaten zu klären hatten, blieb die »Weißenseegeschichte« das Hauptgesprächsthema auf dem Flur. Auch ich grübelte ständig über eine Lösung nach. Aufgrund der Gerissenheit der Täter und dem professionalen Umgang mit den Tatwerkzeugen, kamen mir Parallelen zu den »Gebrüder Sass« und ihrem langjährigen Verfolger, Kriminalsekretär Fabich, in den Sinn.

Die Brüder Sass hatten sich im Berlin der 1920er Jahre einen Namen als gerissene Einbrecher und Tresorknacker gemacht. Sie waren die Ersten, die ihre »Kunden« mit Schneidbrennern besuchten und sich an den Tresoren zu schaffen machten. Die ersten Versuche schlugen allesamt fehl. Sie hatten den Sauerstoffverbrauch der Schneidbrenner falsch eingeschätzt und wären in einem Fall sogar fast selbst erstickt. Doch am 27. Januar 1929 gelang ihnen der große Bruch. Sie drangen in die Stahlkammer der Diskontobank am Wittenbergplatz ein. Wochenlang hatten sie einen Tunnel vom Keller des Nachbarhauses in die Bank gegraben und waren durch einen Luftschacht an die Außenwand des Tresors gelangt. Sie öffneten die Tür zum Tresorraum, brachen 179 der 181 Schließfächer auf und machten sich mit einer Millionenbeute aus dem Staub. Der genaue Schaden wurde nie bekannt, weil einige der Schließfachbesitzer über den Inhalt schwiegen. Erst nach drei Tagen konnten zwei Maurer die von innen blockierte Tür aufbrechen. Selbst Kriminalsekretär Fabich schmunzelte, als er den Tatort betrat und inmitten des Chaos zwei leere Weinflaschen fand und daraus schloss: Die Gauner hatten ihren Erfolg gleich an Ort und Stelle gefeiert. Fabich kam die Vorgehensweise bei dem Einbruch allerdings bekannt vor. Ähnlich waren die Täter nämlich auch bei ihren missglückten Einbrüchen vorgegangen. Deshalb vermutete er auch diesmal wieder die Sass-Brüder als Täter. Er ließ sie überwachen, ihre Moabiter Wohnung durchsuchen und festnehmen. Doch sie wurden aus Mangel an Beweisen freigelassen.

Was dann geschah, war spielfilmreif. Die Sass-Brüder luden die Presse ins Nobelrestaurant *Lutter & Wegner* ein und prahlten mit über bereits eingegangene Filmangebote. Sie scheuten sich auch nicht, ihren Reichtum öffentlich zu zeigen. Teure Anzüge, flotte Partys, große Autos. Und die Berliner verehrten die beiden als moderne Robin Hoods. Sie nahmen es den Reichen und steckten den bedürftigen Moabitern Geldscheine in die Briefkästen.

Nach Hitlers Machtübernahme flüchteten sie nach Dänemark. Doch auch in Kopenhagen ließen sie ihre Finger nicht vom Schweißbrenner. Kriminalassistent Christian Bjerring, genannt »Christian der Reizbare«, überführte sie schließlich, und die Brüder wurden zu vier Jahren Haft verurteilt. Nach ihrer Entlassung wurden Erich und Franz nach Deutschland abgeschoben.

Fabich hatte in der Zwischenzeit in ihrer Moabiter Wohnung die Dielenbretter aufreißen lassen und Beweismaterial für vergangene Einbrüche entdeckt. Das Urteil: dreizehn Jahre Zuchthaus. Am 27. März 1940 wurden sie bei ihrer Überführung ins Lager Sachsenhausen wegen »Widerstand« erschossen. Im Totenschein dagegen stand: »Auf Befehl des Führers erschossen«. Bis heute lebt die Legende der Brüder Sass, und immer noch sind Schatzsucher unterwegs auf der Suche nach der Beute aus der Diskontobank.

Ich hatte viel über die Sass-Brüder und andere historische Kriminalfälle gelesen, und besonders spannend fand ich den Part des Kriminalsekretärs Fabich. Sein konsequentes Vorgehen imponierte mir. Er hat nie aufgegeben, selbst dann nicht, als sie freigesprochen wurden und nach Dänemark flüchteten. Genau das ist es, was einen guten Kriminalisten ausmacht. Und so waren meine Leute und ich auch. Engagiert und zuversichtlich.

Doch diese Gedanken brachten mich momentan auch nicht weiter, gaben mir aber ein gutes Gefühl. Trotzdem wurde ich langsam ungeduldig und rief meine Einsatzgruppe noch einmal zusammen. Nach der Beratung trafen wir folgende Entscheidung: René P. wird von uns als Verdächtiger überprüft. Im Klartext hieß das, er wird zugeführt und von zwei Kollegen zum Einbruch in die Schulverwaltung befragt. Erhärtet sich der Verdacht, dass er Mittäter oder Helfer ist, erfolgt eine Beschuldigtenvernehmung und die unverzügliche Durchsuchung seiner Wohnung.

Präsidium der Volkspolizei Berlin, Dezernat X,
Verhör René P.

Am nächsten Morgen um kurz vor neun Uhr saß René
P. auf einem ungemütlichen Stuhl im Vernehmungsraum II neben meinem Büro. Die Kollegen Peter K.
und Bernd T. hatten ihn kurz nach acht auf seiner Arbeitsstelle angetroffen und zum Präsidium gebracht.
Obwohl meine Kollegen ihm vorerst keine Erklärun-
gen über den Grund seiner Festnahme gemacht hatten,
schien er nicht sonderlich überrascht zu sein und stellte
keine Fragen. Dass wunderte mich, denn normalerwei-
se ist eher das Gegenteil der Fall. Also ließen wir ihn
eine Weile allein im Vernehmungszimmer sitzen. »Das
reinigt das Hirn«, hat ein älterer Kollege einmal gesagt.
Und die Erfahrung hatte mir oft gezeigt, dass aus man-
chem coolen Typen schnell ein Häufchen Elend wird.
Ungewissheit ist eben schlecht zu ertragen. Besonders
dann, wenn man Dreck am Stecken hat. Während René
P. im Zimmer wartete, holten zwei andere Kollegen seine Frau von der Arbeit ab.
   Nachdem René P. eine gute Stunde im Vernehmungszimmer »geschmort« hatte, ging ich zu ihm und setzte
mich ihm wortlos gegenüber. Es dauerte nur wenige Minuten und er trommelte mit den Fingerspitzen auf der
Tischplatte herum. Je mehr Zeit verging, desto schneller
wurden seine Finger. Er scharrte mit den Füßen, dann
wanderte sein Blick unruhig durch den Raum. Viel gab
es nicht zu sehen. Zwei weitere Stühle, die verschlos-
sene Tür nach draußen, daneben der Lichtschalter, die

Lampe an der Decke und das Aufnahmegerät auf dem Tisch. Ich stellte ihm ein paar belanglose Fragen zu seiner Vergangenheit, was ihn weiter verunsicherte. Dann verließ ich wieder den Raum und ließ ihn erneut allein.

Nachdem auch Renés Frau kurz vor zehn ins Präsidium gebracht worden war, begannen wir, die Eheleute getrennt zu vernehmen. Wir stellten beiden die gleichen Fragen und hofften, auf diese Weise Unstimmigkeiten zu entdecken. Doch es gab nichts, worin sie sich widersprachen.

Ziemlich schnell stellte sich heraus, die Ehefrau von René P. hat mit dem Einbruch nichts zu tun. Die Frau wusste von nichts. Sie ahnte nicht einmal etwas von den eventuellen Verstrickungen ihres Mannes. Ich erinnere mich noch sehr genau daran, wie sie mich erstaunt anschaute und glaubhaft erklärte, dass es sich bei dem Geld um Geschenke eines Onkels aus Dresden und einer Tante aus der BRD handelte. »Obwohl ich weder die Tante noch den Onkel meines Mannes persönlich kannte, war ich fest davon überzeugt, dass mir René die Wahrheit sagte. Wir lieben uns und sind glücklich. Wieso hätte ich an seinen Worten zweifeln sollen?« Sie war sichtlich erschüttert, als wir ihr vom Verdacht gegen ihren Mann erzählten. Sie weinte. Ich reichte ihr ein Papiertaschentuch, das ich für solche Fälle immer bereithielt. Die Frau tat mir leid. Innerhalb von wenigen Minuten war ihr ganzes Leben aus den Fugen geraten.

Die Angaben über die Tante aus Köln konnten wir nicht überprüfen, die zum Onkel aus Dresden allerdings waren schnell geklärt. Diesen Onkel gab es wirklich, doch Geld habe er seinem Neffen nie gegeben, versicherte er unseren Dresdner Kollegen noch am gleichen Tag. Woher stammte also das Bargeld, mit dem René P. Fernseher, Stereoanlage und CD-Player gekauft hatte? Außerdem hatte er auch noch dreißigtausend Mark für einen Pkw-Kauf zurückgelegt. Auf die Beantwortung dieser Fragen waren wir alle sehr gespannt. Aber zu diesem Zeitpunkt waren wir uns schon sicher: Mit René P. hatten wir den richtigen »Fisch an der Angel«.

Er war ein unbeschriebenes Blatt und im Umgang mit der Kriminalpolizei und unseren taktischen Vernehmungsmethoden absolut unerfahren. Gemeinsam mit Oberleutnant K. betrat ich den Vernehmungsraum, und wir setzten uns ihm gegenüber. Oberleutnant K. fragte ihn, ob er ein Glas Wasser oder einen Kaffee haben wolle. Er schüttelte den Kopf. Mit gesenktem Blick saß er auf der vorderen Kante des Stuhls, als wolle er jeden Augenblick aufstehen und gehen. Zwei Stunden hielt er seine Behauptungen von der finanziellen Unterstützung von Tante und Onkel noch aufrecht, dann knickte er ein. Am frühen Nachmittag hatten wir sein Geständnis: Er gab den Einbruch in die Schulverwaltung Weißensee zu und nannte die Namen der Mittäter.

Bei der Wohnungsdurchsuchung beschlagnahmten wir außer technischen Geräten noch Schmuck und Bargeld. Da diese Gegenstände nicht aus dem Schulverwaltungseinbruch stammten, vernahmen wir ihn erneut. Er gestand zwei weitere Einbrüche in Einfamilienhäuser in Köpenick, den Diebstahl von Nachtsichtgläsern und Handfunksprechgeräten in seiner Firma und dass er Mittäter beim versuchten Einbruch in die Sparkasse am Schlossplatz in Köpenick gewesen war. Zehn Minuten später verriet er uns auch die Namen seiner Mittäter.

So wichtig sein Geständnis für uns war, so war es doch erst der Anfang weiterer Ermittlungen. Um sechzehn Uhr saßen wir alle noch einmal am Konferenztisch und überlegten das weitere Vorgehen. Nach der Überprüfung von Dieter G., Wolfgang P. und Peter A. war uns klar, sie waren ein viel schwereres Kaliber als René P. Alle waren mehrmals vorbestraft. Als besonders gefährlich aber erschien uns Dieter Gärtner. Nach Renés Aussagen und aufgrund unserer ersten Analyse war er der »Anführer« und geistige Vater der Einbrüche.

## Festnahmen und Haftbefehle

Ich verstärkte die Einsatzgruppe mit sechs weiteren Kriminalisten, die ich von anderen Fällen meines Dezernats abziehen musste. Die Festnahmen der Verdächtigen verliefen ohne besondere Vorkommnisse. Gegen einundzwanzig Uhr befanden sich René P., Dieter G. und Peter A. im Gewahrsam des Präsidiums in der Keibelstraße. Auch Melanie, die Ehefrau von Dieter G., wurde festgenommen. Ohne Zweifel war sie die Frau auf dem Phantombild. Die Wohnung von Wolfgang P., den wir am Nachmittag nicht angetroffen hatten, ließ ich von zwei Kollegen überwachen. Er wurde kurz nach Mitternacht beim Betreten seines Wohnhauses verhaftet.

Danach lief alles routinemäßig ab. Ich stellte fünf Vernehmer- und zwei Durchsuchungsteams zusammen und veranlasste, dass zwei Auswerter unsere Mannschaft verstärkten. Sie hatten die Aufgabe, die neuesten Erkenntnisse aus den Vernehmungen und den Ergebnissen der Wohnungsdurchsuchungen zusammenzufassen, zu analysieren und an die jeweiligen Vernehmer weiterzuleiten. Es war eine lange, aber erfolgreiche Nacht.

Am zweiten Tag nach den Festnahmen erließ der Richter die Haftbefehle, und wir verteilten die Täter auf die U-Haftanstalten Alexanderplatz, in der Keibelstraße, und Rummelsburg. Wir wollten sichergehen, dass keine Absprachen zwischen ihnen möglich waren.

Wir hatten inzwischen einen erheblichen Kenntnisstand, und den hieß es, zu nutzen. Als Beweismaterial hatten wir die in den Wohnungen beschlagnahmten technischen Geräte, den Schmuck, das Bargeld sowie die Aussagen der Täter. Obwohl diese sehr unterschiedlich waren und jeder seine Tatbeteiligung so gering wie möglich halten wollte, ergab sich für uns ein klares Bild.

Nur Dieter Gärtner war nicht bereit, mit uns zu kooperieren. Seine Aussagebereitschaft war gleich null. Doch das hatten wir nicht anders erwartet. Er war der Hartnäckigste von allen. Bei seiner Wohnungsdurchsuchung erlebten wir dann allerdings noch eine große Überraschung. Neben einem Geldversteck unter den Dielen fanden wir im Türrahmen eine Pistole Walther 7,65 Millimeter mit Magazin und Munition. Ein damals sehr ungewöhnlicher Fund.

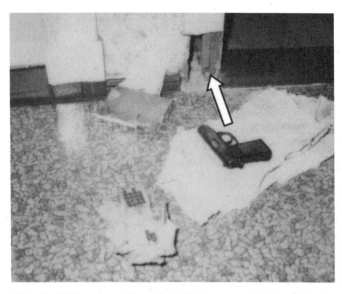

Die in der Wohnung von Dieter G. im Türrahmen aufgefundene Pistole Walther 7,65 Millimeter

Über die Herkunft der Schusswaffe machte Dieter Gärtner während des gesamten Ermittlungsverfahrens keine Angaben. Da er früher auf dem Bau gearbeitet hatte und auch bei Arbeiten am Alexanderplatz beschäftigt war, vermuteten wir, dass die Waffe aus dieser Zeit stammte. Dort wurden beim Abriss alter Mietskasernen oft Waffen auf Dachböden und in Kellerräumen gefunden. Es waren teilweise Verstecke aus den 1920er Jahren. Damals waren der Alexanderplatz und seine Umgebung ein Zentrum der Verbrecherwelt. Sollte Dieter Gärtner auf ein solches Versteck gestoßen sein, hätte er aufgrund seiner kriminellen Veranlagung die Schusswaffe niemals bei den Behörden abgegeben. Ein anderer Fund in seiner Wohnung führte uns auf eine weitere Spur. Versteckt hinter Schillers »Glocke« und der DDR-Schulbuch-Lektüre *Wie der Stahl gehärtet wurde*, fanden wir ein Notizbuch mit Anschriften und Telefonnummern. Was mich sofort stutzig machte, war der Eintrag einer Nummer ohne Namen. Sie gehörte zur Verkehrspolizei-Inspektion Köpenick. Sollte es sich hier um die »Quelle« handeln, die Dieter G. mit Informationen über Kfz-Besitzer versorgt hatte? Ich wies die Kriminalisten in der Einsatzgruppe darauf hin, in ihren Vernehmungen darauf einzugehen.

Zwei Tage später die entscheidende Wende. Peter A. erzählte, er hätte Dieter G. einmal mit einem uniformierten Polizisten von der Verkehrspolizei gesehen. Dieter G. hatte den Polizisten beim Verlassen eines Wohnhauses in der Puchanstraße angesprochen. Er hatte dieser Beobachtung damals aber keinerlei Bedeutung beigemessen. Peter A. führte uns zu dem bewussten Haus in der Puchanstraße, und die sofort eingeleiteten Ermittlungen ergaben, hier wohnte der Verkehrspolizist Waldemar F., mit dem Dieter G. zur Schule gegangen war.

So weit, so gut. Die ganze Geschichte bereitete uns aber eine gehörige Portion Bauchschmerzen. Es ist immer schwierig und unangenehm, gegen einen Kollegen ermitteln zu müssen. Doch da mussten wir durch, Rücksicht durften wir nicht nehmen. Während meiner gesamten Tätigkeit im Dezernat X hatte ich es mit zwei Serientätern zu tun, die Angehörige der Deutschen Volkspolizei waren. Bei einem ging es um Scheckbetrug und im anderen Fall um Nötigung zu sexuellen Handlungen. Die staatlichen und juristischen Konsequenzen waren hart für sie. In beiden Fällen wurden die Kollegen sofort unehrenhaft aus dem Polizeidienst entfernt und zu hohen Freiheitsstrafen verurteilt. Auch bei »unserem« Verkehrspolizisten erfolgten nach der Festnahme und Prüfung der Tatumstände die sofortige Entlassung aus dem Polizeidienst und die Einleitung eines Ermittlungsverfahrens wegen Beihilfe. Waldemar F. gab bereits in der ersten Vernehmung zu, der Informant der Daten über die Kfz-Halter gewesen zu sein. Es ist für mich immer wieder erstaunlich, welche Umstände einen anständigen Bürger zu einem Kriminellen werden lassen. Bei Waldemar F. lagen die Ursachen in einer Mischung aus ehemaliger Freundschaft, Kumpelhaftigkeit und finanziellen Interessen. Dieter Gärtner hatte die Informationen des Verkehrspolizisten mit kleineren Geldzuwendungen belohnt.

## Bilanz

Etwa vierzehn Tage nach der Festnahme der »Gärtner-Bande« konnten wir eine positive Bilanz ziehen. Fünf aufgeklärte Einbrüche in Köpenicker Einfamilienhäuser, drei Einbrüche in volkseigene Betriebe, der versuchte Einbruch in die Sparkasse am Schlossplatz und der Einbruch in die Schulverwaltung Weißensee. Dazu noch diverse Einzeldelikte, wie Diebstahl von Handfunksprechgeräten, Nachtsichtgeräten und Werkzeug. Nicht zu vergessen der Waffenbesitz von Dieter Gärtner, von dem die anderen Bandenmitglieder aber glaubhaft versichern konnten, nichts gewusst zu haben.

Aufgrund des umfangreichen Diebesguts entschlossen wir uns, die aufgefundenen Gegenstände im Präsidium am Alexanderplatz auszustellen. Die Geschädigten wurden zur Besichtigung geladen. Konnten sie Gegenstände als ihr Eigentum identifizieren, erfolgte die Aushändigung des Diebesguts.

Diebesgut, das in den Wohnungen der Täter aufgefunden und sichergestellt worden war und den Geschädigten nunmehr zur Besichtigung und Identifizierung im Präsidium gezeigt werden konnte

Obwohl dies ein formaler Ablauf war, ist mir eine Situation bis heute noch gut in Erinnerung geblieben. Herr Liebrich erkannte bei den beschlagnahmten Schmuckgegenständen einen kleinen Damenring. Er war nicht besonders wertvoll, doch für ihn von hoher ideeller Bedeutung. Der Ring war eine Erinnerung an seine verstorbene Mutter. Herr Liebrich bekam beim Betrachten des Ringes feuchte Augen. Das sind Momente, in denen auch der härteste Kriminalist gerührt ist. Ich beobachtete, wie er den Ring zwischen seinen Fingern hin- und herbewegte, ihn liebevoll in sein Taschentuch wickelte und in die Jacke steckte. Am nächsten Tag stand Liebrich mit einem Kasten Sekt in meinem Dienstzimmer. Als ich das Geschenk dankend ablehnte, drohte er mir, das Präsidium nicht eher zu verlassen, bis ich die »kleine Danksagung« angenommen habe. Schließlich telefonierte ich mit meinem Vorgesetzten Oberst (Kriminaldirektor) Manfred K. und schilderte ihm die Lage. Wir kamen überein, dass beschädigte Flaschen zu »vernichten« seien. So waren alle Seiten zufrieden. Ich weiß gar nicht mehr, wie viel Flaschen beschädigt waren. Oder etwa gar keine?

### Abschluss und Schlussbemerkung zum Verfahren »Gärtner-Bande«

Die abschließende Bearbeitung und Übergabe an den Staatsanwalt erledigten die Kriminalisten des Dezernats II im Präsidium. Bei ihnen war das Verfahren in guten Händen. Wir vom Dezernat X dagegen hatten schon wieder andere Fälle auf dem Schreibtisch und konzentrierten uns auf neue ungeklärte Serientaten.

Alle Täter der »Gärtnerbande« blieben bis zur Gerichtsverhandlung in Untersuchungshaft, nur Melanie G. wurde vorzeitig entlassen.

Die Täter erhielten hohe Freiheitsstrafen, insbesondere die einschlägig vorbestraften Dieter G. und Wolfgang P. Bei Peter A. wurde seine Kooperationsbereitschaft berücksichtigt; er bekam sieben Jahre. René P., der jüngste und nicht vorbestrafte Täter, musste für fünf Jahre ins Gefängnis.

Der Gesamtschaden: 500.000 Mark.

Nach der »Wende« wurden bei den Amnestien alle Täter aus der Haft entlassen. Kurz danach wurde Dieter Gärtner bei einem Einbruch und der versuchten Öffnung eines Panzerschranks in einem Verwaltungsgebäude am Berliner Rosa-Luxemburg-Platz auf frischer Tat geschnappt.

Ich selbst arbeitete nach der »Wende« in der Direktion VB E I 2 (heute LKA) im Raubkommissariat und hatte mit Einbrechern nicht mehr direkt zu tun.

# Hilfeschreie in der Nacht

Donnerstag, 5. August 1976, gegen ein Uhr nachts

Silvia B., achtundzwanzig Jahre alt, Stenographie-Sachbearbeiterin im VEB Backkombinat, ist bereits zum dritten Mal aufgewacht und kann nicht wieder einschlafen. Die bevorstehende Prüfung an der Abendschule macht ihr zu schaffen. Ihr Kopf dröhnt. Sie steht auf, geht ins Bad und schluckt eine Kopfschmerztablette. Eigentlich ist sie gut vorbereitet, aber diese »Prüfungsangst« lässt sie einfach nicht los. Für sie steht viel auf dem Spiel. Wenn sie die Prüfung besteht, ist sie Industriekauffrau, und ihr Gehalt klettert eine Stufe nach oben. Schon oft hat sie sich ausgemalt, was sie sich dann alles leisten kann. Ganz oben auf ihrer Wunschliste steht eine Urlaubsreise. An die Ostsee vielleicht. Auf jeden Fall aber muss es das Meer sein.

*Erst einmal eine rauchen, dann kann ich vielleicht wieder einschlafen*, denkt sie. Aufgeregt sucht sie nach den Zigaretten. Findet endlich eine Packung *CLUB* und geht auf den Balkon ihrer Wohnung in der Tollerstraße in Berlin-Niederschönhausen. Während sie sich eine Zigarette anzündet, schaut sie in den Himmel. Ein paar Sterne funkeln, der Mond ist grad hinter einer Wolke verschwunden. Die Straße ist friedlich und ruhig. So ruhig wie ihre Gedanken. Die Prüfungsangst ist fast verschwunden. Ein paar tiefe Züge aus der Zigarette, dann ab ins Bett. Gerade will sie die Balkontür schließen, als sie Hilfeschreie hört. Silvia B. tritt auf den Balkon zurück und hält den Atem an. Die Schreie kamen aus einer Torduchfahrt ungefähr fünfzig Meter schräg gegenüber von ihrer Wohnung. Noch ein kurzer Schrei, dann ist es wieder still. Als sie sich über das Balkongeländer beugt, sieht sie eine männliche Person in Richtung Edelweißstraße wegrennen.

Der Balkon, auf dem die Zeugin Silvia B. stand

Sie ist unsicher und weiß nicht, was sie tun soll. Die Polizei rufen? Sie hat kein Telefon. Beim Nachbarn klingeln? Sie zögert. Vielleicht hat sie sich auch getäuscht. In diesem Moment sieht sie ihren Nachbarn K. aus seinem Schlafzimmerfenster gucken. Auch er sieht sie auf dem Balkon stehen und ruft: »Haben Sie auch diese entsetzlichen Schreie gehört? Da muss etwas passiert sein!«

»Ja, habe ich gehört. Die Schreie kamen von dort drüben«, ruft sie zurück und zeigt in Richtung Tordurchfahrt. »Ich habe auch jemanden wegrennen sehen.«

»Warten Sie, ich schau mal nach.« Der Nachbar zieht sich eine Jacke über und verlässt das Haus. Silvia B. sieht ihn in der Tordurchfahrt verschwinden, ist erleichtert, dass er die Initiative ergriffen hat, und hofft, dass nichts Schlimmes passiert ist. Doch schon nach wenigen Sekunden erscheint er unter ihrem Balkon und ruft: »Sagen Sie meiner Frau Bescheid, sie soll die Polizei rufen. Auf dem Hof liegt eine Frau. Ich glaube, sie ist tot!«

Silvia B. klingelt bei der Nachbarin, die sofort über 110 die Volkspolizei ruft. Die K.s sind die einzigen im Haus, die einen Telefonanschluss besitzen. In der damaligen Zeit ein kleiner Luxus und von vielen beneidet.

Silvia B. zieht sich ihren Trainingsanzug über und geht auf die Straße. Wenige Minuten später wecken Martinshorn und Blaulicht auch die übrigen Nachbarn. In fast allen Wohnungen geht das Licht an, die meisten Mieter hängen an den Fenstern und beobachten neugierig die Szene in der Tollerstraße.

Die Tordurchfahrt, aus der die Zeugin Silvia B. die Hilfeschreie hörte

Silvia B. und ihr Nachbar zeigen den Polizisten den Ort, aus dem die Hilfeschreie gekommen waren. Kurz vor der Toreinfahrt bleibt die junge Frau allerdings stehen. »Ich bleibe lieber hier«, flüstert sie. Einer der Polizisten legt ihr sanft seine Hand auf den Arm. »Alles ist gut. Sie müssen nicht mitkommen«, beruhigt er die Achtundzwanzigjährige. Herr K. geht mit den Beamten durch die Einfahrt zum Hof des Grundstücks zu der leblos auf dem Boden liegenden Frau.

Ein Polizist beugt sich über sie und leuchtet ihr mit der Taschenlampe ins Gesicht. Erschrocken dreht er sich zu seinem Kollegen um. »Verdammte Scheiße. Peter! Die Frau lebt. Ruf sofort einen Rettungswagen. Sie hat Kopfverletzungen, und alles ist voller Blut. Ich bleibe hier und sichere den Ort ab.« Dann verständigt er über Funk den Offizier des Hauses (OdH) der Inspektion Pankow. Hauptwachtmeister Peter E. informiert vom Funkstreifenwagen (FstW) aus die Schnelle Medizinische Hilfe (SMH) und nimmt anschließend die Personalien der beiden Zeugen auf.

Silvia B. berichtet, dass sie kurz nach den Hilfeschreien einen Mann in Richtung Edelweißstraße habe rennen sehen. Sie schließt die Augen und versucht, sich zu erinnern. »Ich glaube, es war ein jüngerer Mann. Aber so genau konnte ich es nicht sehen. Es war viel zu dunkel.«

Ihre Aussage alarmiert den Polizisten. Sofort ruft er über Funk nochmals den OdH der Inspektion an, schildert die Situation und bekommt die Zusage, dass alle nicht im Einsatz befindlichen Pankower Funkstreifenwagen die Fahndung aufnehmen werden.

Zeitgleich mit dem Rettungswagen und dem Kriminaldienst Pankow treffen noch zwei weitere Funkstreifenwagen ein. Die schwerverletzte Frau wird sofort ins Krankenhaus Pankow in die Galenusstraße gebracht.


Tatort und Umgebung

Oberleutnant Günter B. vom Kriminaldienst verständigt per Funk die Kriminaltechnik der Inspektion Pankow. Die erste Funkwagenbesatzung sperrt den Hof ab, und zwei Beamte durchstreifen zu Fuß die dunklen Straßen, Gärten und Hinterhöfe. Eine zweite Mannschaft fährt mit ihrem Funkwagen die weitere Umgebung ab. Die Versteckmöglichkeiten für den oder die Täter sind ideal. Bäume, dunkle Hauseingänge und Sträucher bieten jede Menge Schutz vor dem Auffinden. Es ist eine Suche auf gut Glück, ohne konkrete Anhaltspunkte. Doch die Uniformierten wollen jede noch so kleine Chance nutzen.

Die Bewohner der umliegenden Häuser haben sich inzwischen auf der Straße versammelt und diskutieren über die Tat. Wie oft in solchen Fällen mangelt es auch hier nicht an Spekulationen, und ein paar Wichtigtuer verkünden lautstark ihre Theorien.

Die Schaulustigen werden von den Beamten gebeten, in ihre Wohnungen zurückzugehen. »Aus Sicherheitsgründen«, heißt es. Der Täter sei flüchtig, und man wisse nicht, ob er noch einmal wiederkäme. Inzwischen ist es kurz vor zwei Uhr; Mond und Sterne beleuchten die Szene. Irgendwo in der Ferne miaut ein liebestoller Kater.

Dann ertönt die schnarrende Stimme eines Beamten aus »Toni 20«: »Männliche Person lief uns in der Hertzstraße, circa zweihundert Meter vom Tatort entfernt, entgegen und stoppte uns mit Handzeichen.« Der Mann, um den es sich hier handelt, hatte einen aufgeregten Eindruck gemacht und erklärt, dass er eine Telefonzelle suche, um die Polizei zu rufen: »Ich habe in einer Querstraße Hilferufe gehört und auf einem Hof ganz in der Nähe eine schwerverletzte Frau gefunden.

Weit und breit habe ich aber keine Telefonzelle gefunden. Sie kommen wie gerufen!«

Die Funkwagenbesatzung nimmt den jungen Mann mit und fährt mit ihm zum Tatort zurück. Oberleutnant B. schreibt die Personalien des Zeugen auf. Karsten W., neunzehn Jahre alt, Feinmechanikerlehrling, aus Pankow. Wohnhaft bei seinen Eltern in der Damerowstraße. Dass der Junge einen ziemlich betrunkenen Eindruck macht, erwähnt er nicht. »Was haben Sie hier in dieser Gegend gemacht?«

»Ich war auf einer Jugendtanzveranstaltung im Kulturhaus Bergmann-Borsig. Na ja, ich hatte ziemlich viel Alkohol getrunken und wollte schnell weg. Ich bin zum Bus gelaufen, um nach Hause zu fahren. Irgendwie muss ich mich verlaufen haben. Auf einmal hörte ich Hilfeschreie und sah einen Mann aus der Tordurchfahrt wegrennen. Dann sah ich die Frau blutend auf dem Boden liegen. Sie hat sich überhaupt nicht mehr gerührt, und ich habe einen gehörigen Schreck bekommen.«

Auf die Frage des Beamten, ob er den Mann näher beschreiben könne, schüttelt der Zeuge den Kopf.

»Nee, aber es war ein Mann in dunkler Kleidung. Oh, jetzt wird mir schlecht, ich muss brechen.«

»Gut, brechen Sie, aber bitte nicht in den Funkwagen«, war die trockene Bemerkung von Oberleutnant B. »Anschließend nehmen wir Sie mit zur Inspektion. Wir müssen Sie noch einmal zu den Einzelheiten befragen.«

Kriminaltechniker Oberleutnant Achim W. von der Inspektion Pankow hat mit der Tatortarbeit begonnen. Scheinwerfer auf Stative bringen Licht ins Dunkel.

Akribisch sucht der Techniker den Boden ab. Nach wenigen Minuten meldet er auch schon den ersten Erfolg. »Leute, schaut mal her, was ich gefunden habe.« Stolz wie Oskar hält er einen Pflasterstein hoch. »Den habe ich zehn Meter vom Fundort des Opfers entfernt gefunden. Und wenn mich nicht alles täuscht, klebt eine Menge Blut dran.« Achim W. ist sich sicher, das Tatwerkzeug in der Hand zu halten, fotografiert es und sucht anschließend nach weiteren Spuren.

Der mit Blut behaftete Stein, der unweit des Fundorts des Opfers entdeckt wurde

Während sich die Hausbewohner langsam wieder in ihre Wohnungen zurückziehen, organisiert Oberleutnant B. den Transport von Silvia B., Herrn K. und Karsten W. zur VP-Inspektion Pankow. Die Zeugen müssen gründlich vernommen und die Identität des Opfers geklärt werden. Es sieht nicht gut für die Frau aus, die Ärzte kämpfen um ihr Leben.

## 4.30 Uhr

Spätestens nach dem Auffinden des blutigen Steins ist allen klar, hier handelt es sich um ein Verbrechen. Oberleutnant Günter B. versucht, ein paar Bereitschaftskräfte der Kriminalpolizei zu verständigen, um die laufenden Ermittlungen zu unterstützen. Er selbst wird zur Bearbeitung von zwei anderen Fällen abgezogen: eine Brandstiftung in einer Kleingartenanlage in Blankenburg und ein Kioskeinbruch am S-Bahnhof Pankow-Heinersdorf. Manchmal ist es wie verhext, alles kommt auf einmal auf uns zu.

Erfreulich ist aber, dass die Identität des Opfers nunmehr geklärt ist. Das Krankenhauspersonal hat in der Sommerjacke des Opfers einen Versicherungsausweis gefunden. Es handelt sich um die verheiratete sechsundvierzigjährige Kohlenhändlerin Elisabeth R., wohnhaft in Pankow-Wilhelmsruh, Schillerstraße 11. Weniger erfreulich dagegen ist, dass das Opfer noch nicht ansprechbar ist. Der Arzt verspricht aber, die Polizei sofort zu informieren, wenn sich der Zustand der Frau bessert. Nun heißt es: warten …

## Kurz nach fünf Uhr

Mein Einsatz in diesem Fall beginnt mit einem Anruf zu nachtschlafender Zeit: Kurz nach fünf klingelt es. Es dauert einen Moment, bis ich realisiere, dass es kein Traum ist, sondern das Telefon neben meinem Bett. Im

Halbschlaf taste ich nach dem Telefon, das griffbereit auf dem Nachttisch steht. Es ist der Kollege Günter B. aus der Arbeitsgruppe »Schwere Straftaten«, der mir mit putzmunterer Stimme den Sachverhalt aus der Tollerstraße schildert. Seine Frage: »Hast du noch geschlafen?«, ignoriere ich.

Nach erfolgreichem Abschluss der Offiziersschule Aschersleben, Fachrichtung Kriminalistik, bin ich seit 1975 Leiter dieser Arbeitsgruppe. Günter B. ist ein erfahrener Kriminalist, weiß, dass der Fall in unseren Zuständigkeitsbereich fällt, und will mich so rechtzeitig wie möglich aufklären. Ganz nach der alten Kriminalistenregel: Zeitverlust heißt Informationsverlust. Die ersten vierundzwanzig Stunden nach der Tat sind die wichtigsten. Obwohl mein Geist noch nicht vollständig wach ist, bedanke ich mich bei Günter und ziehe mich an. Bevor ich die Wohnung verlasse, nasche ich noch ein Stück Schokolade. Den Rest der Tafel stecke ich in die Aktentasche.

## Gegen sechs Uhr

Gegen sechs Uhr treffe ich in der Inspektion ein und informiere mich über den Stand der Ermittlungen. Irgendjemand hat Kaffee für alle gekocht, und ich gieße mir eine Tasse ein. Über den Rand der Tasse hinweg sehe ich den Zeugen Karsten W. im Besucherraum sitzen. Er sieht blass und mitgenommen aus. Wie mir ein Kollege sagt, muss er zwischendurch immer wieder die

Toilette aufsuchen. Er scheint seinen Alkoholgenuss nicht verkraftet zu haben. Ich begrüße ihn kurz und sage, er müsse sich noch ein wenig gedulden. Bei dieser kurzen Begegnung stelle ich geringe Verschmutzungen an seiner Oberbekleidung fest. Als Kriminalist lernt man schon in der Ausbildung, auf jede Kleinigkeit zu achten. Irgendwann geht das in Fleisch und Blut über und geschieht ganz automatisch.

Nachdem ich die vorliegenden Zeugenvernehmungen durchgearbeitet habe, spreche ich mit dem Kriminaltechniker Achim W. über die Spurenlage, die leider nicht berauschend ist. Auf dem Hof hatte Achim W. zwar viele Schuheindruckspuren (Fragmente) im Sand gesichert, doch für eine vergleichende Untersuchung sind sie nicht geeignet. Ich stelle mir vor, wie Achim auf Knien über den dreckigen Boden robbte und jeden Zentimeter Tatort absuchte. Das einzig Handfeste, was wir haben, ist der Pflasterstein, der eindeutig aus dem Tatortbereich stammt. Eine chemische Vorprobe beweist, dass am Stein Menschenblut klebt. Unseren Erfahrungen nach heißt das, der Täter muss Blutspuren an seiner Bekleidung und am Körper haben.

Sofort fällt mir die Begegnung mit Karsten W. im Besucherraum ein. Daraufhin angesprochen, erklärt mir der Kriminaltechniker: Der Zeuge hat in seiner ersten Befragung geschildert, er habe dem Opfer helfen wollen und deshalb die am Boden liegende Frau angefasst. *Kann sein, kann nicht sein*, denke ich und beschließe, mir den Mann mal genauer anzuschauen. Es ist das berühmte Bauchgefühl, von dem jeder gute Ermittler berichten kann. Dieses unbestimmte »Irgendwas« hat mir im Laufe meiner Jahre als Kriminalist oft geholfen.

Als ich mir gerade seine ersten Aussagen einmal anschauen will, ruft mir ein Kollege zu, das Krankenhaus Pankow habe sich gemeldet und das Opfer könne kurz befragt werden. Sofort setze ich mich in den Dienst-»Wartburg« und fahre ins Krankenhaus Pankow. Meine neueste Errungenschaft, ein Kassetten-Tonbandgerät, nehme ich mit. Mit allerlei Tricks und guten Beziehungen ist es mir endlich nach vier Monaten genehmigt worden, und heute soll es zum ersten Mal zum Einsatz kommen.

## Krankenhaus Pankow

Dr. Wendlandt, ein erfahrener und freundlicher Rettungsarzt, empfängt mich am Eingang der Station. Ganz wohl ist ihm mein Besuch allerdings nicht. »Höchstens fünf Minuten. Keine Sekunde länger, dann müssen Sie den Fall gelöst haben, Herr Kommissar.«

»Alles klar, Herr Doktor, habe extra mein Tonband mitgebracht.«

Bevor ich auf die Klinke des Zimmers 081 drücke, hält mich der Arzt noch einmal am Ärmel fest. »Denken Sie dran, der Zustand der Patientin ist noch kritisch. Außerdem ist sie auch erheblich alkoholisiert.«

Als ich Frau Radtke in ihrem Bett liegen sehe, erschrecke ich heftig. Ihr Kopf ist fast völlig verbunden, und ihre Augen sind geschlossen. Sie redet wirres Zeug

vor sich hin. Nachdem ich das Tonbandgerät ange-
schaltet habe, setze ich mich auf den Stuhl neben ihrem
Bett und spreche sie an: »Frau Radtke, können Sie mich
hören?«

Keine Antwort.

»Frau Radtke, können Sie mich verstehen?«

Diesmal einige nicht verständliche Worte und dann:
»Bodo, Bodo, was machst du, hör auf, Bodo, hör auf!«
Danach Stille.

Dr. Wendlandt betritt das Zimmer und hält mir die
fünf Finger seiner rechten Hand entgegen. Ich verstehe.
Die fünf Minuten Redezeit sind vorbei, und die Befragung ist beendet. Allerdings bin ich genauso schlau wie
vorher.

»Und? Haben Sie jetzt Ihren Täter?« Er grinst, ich
grinse! Dann bedanke ich mich mit Handschlag bei
ihm und verlasse das Krankenhaus. Draußen empfängt
mich ein fröhliches Vogelgezwitscher. Was für ein herr-
licher Tag. Auf der Fahrt in die Inspektion spiele ich das
Tonband ab. Wer ist Bodo? Wie soll ich Frau Radtkes
Angaben verstehen? Hat sie mir den Namen des Täters
genannt? Dann überlege ich meine nächsten Ermitt-
lungsschritte:

1. *Verständigung von Dr. G. aus der Rechtsmedizin in
   der Hannoverschen Straße in Mitte.* Obwohl Frau
   Radtke noch lebt, will ich einen Rechtsmediziner
   zur Begutachtung hinzuziehen. Das hatte ich bisher
   einige Male bei Sexualstraftaten und schweren Verletzungen praktiziert und gute Erfahrungen damit

gemacht. Den Mitarbeitern der Rettungsstelle bin ich dankbar, dass sie bei der Einlieferung der Frau sofort ein Foto angefertigt haben, das aber noch nicht entwickelt ist.

2. *Aufsuchen des Tatorts.* Dazu bin ich bisher noch nicht gekommen. Aber ich will mir wie immer selbst einen Eindruck vom Ort des Geschehens und dem möglichen Tatablauf machen.

3. *Ermittlung des personellen Umfelds von Frau Radtke und die Frage klären:* Wer ist Bodo?

4. *Befragung des Ehemanns zum Ablauf des gestrigen Tages.*

5. *Ausführliche Vernehmung des Zeugen Karsten W.* Welche Rolle spielt er bei der Tat?

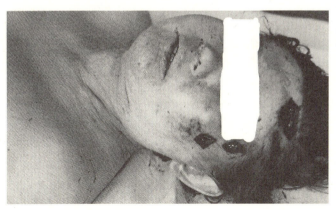

Das Opfer kurz nach dem Überfall

Über Funk verständige ich meine Mitarbeiter. Sie sollen die Schritte drei und vier sofort in Angriff nehmen. Bevor ich zum Tatort in die Tollerstraße fahre, halte ich kurz an und kaufe mir eine Club-Cola. Es ist inzwischen verdammt warm geworden. Ich kurbele die Scheibe auf der Beifahrerseite herunter und nehme einen kräftigen Schluck aus der Flasche.

Zwanzig Minuten später bin ich am Tatort und lasse die Eindrücke auf mich wirken. Ich schaue mir den Standort der beiden Zeugen an und den Ort, an dem die Funkstreife Karsten W. begegnet war. Anschließend fahre ich zur Inspektion zurück. Es ist jetzt elf Uhr.

## VP-Inspektion Pankow

Die Kommissare Fred G. und Bernd L. haben während meiner Abwesenheit etwas Licht ins Tatgeschehen gebracht. Sie haben ermittelt, dass am gestrigen Tag in der Kohlenhandlung von Frau Radtke kräftig gefeiert worden war. Anwesend waren: sie selbst, ihr Ehemann Martin sowie die drei Kohlenträger. Bier, Nordhäuser Doppelkorn und »Wilde Sau« flossen in Strömen.

Irgendwann gab es Streit zwischen Martin Radtke und seiner Ehefrau. Es ging recht lautstark her, und schließlich verließ die Ehefrau stark alkoholisiert die Runde, um nach Hause zu gehen. Das Wohnhaus der Radtkes befindet sich auf demselben Grundstück wie die Kohlenhandlung. Nachdem sie verärgert die Tür hinter sich zugeknallt hatte, waren alle der Meinung, dass sie ins Bett ging, um ihren Rausch auszuschlafen. Interessant ist allerdings, dass kurz nach ihr einer der Kohlenträger ebenfalls die fröhliche Runde verlassen hatte, um nach ihr zu schauen. Als ich seinen Namen höre, klingelt es in meinem Kopf: Bodo!

Nach Angaben des Ehemanns kam Bodo etwa eine Viertelstunde später in die Kohlenhandlung zurück. Ohne ein Wort zu verlieren, legte er sich auf eine Liege und schlief ein. Die anderen beiden, ebenfalls stark betrunkenen Mitarbeiter verließen fröhlich singend die Kohlenhandlung.

Der Ehemann von Frau Radtke sagt aus, er sei am Tisch eingeschlafen. Erst am Morgen sei er wach geworden und ins Wohnhaus gegangen. Wo seine Ehefrau zu diesem Zeitpunkt war, könne er nicht sagen, und es wäre ihm auch egal.

Die Zeitangaben der Zeugen sind allerdings mit Vorsicht zu genießen, da die Männer immer noch nicht ausgenüchtert sind. Während unserer Ermittlungen in der Kohlenhandlung ist Bodo N. allerdings nicht mehr in den Räumen anzutreffen. Sein Aufenthalt ist zu diesem Zeitpunkt unbekannt.

Um schneller zum Ziel zu kommen, beziehe ich einen weiteren Mitarbeiter meiner Arbeitsgruppe, Leutnant Christian F., in die Ermittlungen ein. Er soll den Ehemann des Opfers vernehmen. Fred »Fredi« G. und Bernd L. fahren zu Bodo N. nach Hause und sollen ihn zur Inspektion bringen. Denn aufgrund seines Verschwindens ist er zum Tatverdächtigen geworden.

Ich mache eine kurze Pause und hole mir aus der

Kantine eine Käsestulle, die der Konsistenz nach ungefähr eine Woche alt ist. Ich ärgere mich und lege das Teil zur Seite. Stattdessen ziehe ich aus der Aktentasche den Rest der Tafel Schokolade heraus und bereite mich mental auf die Vernehmung von Karsten W. vor.

Im Besucherzimmer stehe ich einem aufgeregten und verärgerten jungen Mann gegenüber. Er überschüttet mich mit Vorwürfen: »Ich bin schon die ganze Nacht bei Ihnen! Jetzt ist es fast dreizehn Uhr! Was wollen Sie noch von mir? Ich habe doch schon mehrmals erzählt, was ich in der Nacht erlebt habe! Ich bin todmüde, und schlecht vom Alkohol ist mir immer noch. Ich will endlich nach Hause!«

Na ja, irgendwie sind seine Vorwürfe berechtigt. Aber das sage ich ihm nicht. Ich erkläre ihm, dass wir noch ein paar Einzelheiten von ihm brauchen, die er unterschreiben müsse. Während ich ihm gegenüberstehe, betrachte ich gründlich seine Kleidung. Das ist der Moment, in dem sich die Versäumnisse der kriminalpolizeilichen Arbeit in den letzten Stunden zeigen. Niemand hat verhindert, dass sich Karsten W. in der Toilette gründlich wusch. Das heißt im Klartext: Er hatte sowohl seine Bekleidung als auch Hände und Gesicht mit Wasser gesäubert. Doch nun ist es müßig, sich darüber zu ärgern und nach einem »Schuldigen« zu suchen. Bisher ist die Rolle von Karsten W. ja aus der Position eines Erstzeugen betrachtet worden.

Auch ich habe nach der Aussage des Opfers im Krankenhaus, »Bodo, Bodo, was machst du …?«, meinen Verdacht in Richtung Bodo N. gelenkt. Und das obwohl ich beim ersten Zusammentreffen mit Karsten W. einige Auffälligkeiten in seiner Körpersprache und Stimmlage festgestellt hatte. Jetzt heißt es, das nachzuholen, was vor Stunden versäumt wurde. Noch im Besucherraum stelle ich seine beigefarbene Sommerjacke sicher und verständige den Kriminaltechniker. Die Frage ist, ob er trotz der Säuberungsmaßnahmen noch tatrelevante Spuren an der Jacke feststellen kann. Nachdem mein Kollege die Jacke übernommen hat, gehe ich mit Karsten W. in mein Dienstzimmer.

Währenddessen haben »Fredi« G. und Bernd L. den tatverdächtigen Kohlenträger in seiner Wohnung in der Neuen Schönholzer Straße in Pankow angetroffen und ihn zur Inspektion gebracht. Der Achtunddreißigjährige ist immer noch nicht ganz nüchtern und trägt seine typische Kohlenträger-Kleidung. Offensichtlich hat er die Bekleidung seit der Tatnacht nicht gewechselt. Das erleichtert die Spurensicherung. »Fredi« und Bernd beginnen mit der Vernehmung. Unter erschwerten Bedingungen, wie sie mir später verraten. Denn eine Mischung aus abgestandenem Alkohol und Schweiß wabert durch den Raum.

Ich selbst vernehme Karsten W. und stelle ihm Fragen zu seinen Lebensumständen und lasse ihn dabei nicht aus den Augen. Er ist neunzehn Jahre alt, Einzelkind und wohnt bei den Eltern. Er steht kurz vor dem Abschluss seiner Feinmechanikerlehre und ist bisher polizeilich nicht aufgefallen. Er hat kein Hobby, ist sportlich nicht aktiv und an nichts so richtig interessiert. Er macht auf mich den Eindruck eines Muttersöhnchens, der nicht so recht weiß, was er wolle. Obwohl er sein Verhältnis zu den Eltern als gut bezeichnet, glaube ich ihm nicht. Körpersprache und Wortwahl drücken das Gegenteil aus.

Ich spreche bewusst sehr leise und zwinge ihn dadurch, mir konzentriert zuzuhören. Er wird immer unruhiger, und dann platzt es aus ihm heraus: »Was wollen Sie von mir denn konkret wissen? Es geht doch um heute Nacht und nicht um mein Leben, oder?«

»Ja, natürlich, aber ich möchte gern wissen, wie Ihre momentane persönliche Situation ist. Was Sie heute Nacht erlebt haben, muss doch sehr belastend gewesen sein.«

»Natürlich war es das. Das können Sie laut sagen. Ich bin immer noch nicht ganz darüber hinweg. Ich meine die Situation, wie ich die Frau gefunden habe.«

»Ich möchte, dass Sie mir noch einmal detailliert schildern, wie Sie zu dieser Nachtzeit in die Tollerstraße gekommen sind und …«

Plötzlich geht die Tür auf, und »Fredi« steckt seinen Kopf in mein Dienstzimmer. Er nickt mir zu, was so viel bedeutet wie: Ich muss dringend mit dir sprechen. Unterbrechungen während einer Vernehmung sind nur üblich, wenn es einen unaufschiebbaren Grund dafür gibt. Ich lasse Karsten W. auf dem Flur Platz nehmen.

»Berndt, du musst dir unbedingt mal die Aussage von Bodo N. anhören. Da gibt es einige Fakten, die du wissen musst, bevor du den Karsten weiter vernimmst.«

»Fredi« hat sein Kassetten-Tonbandgerät mitgebracht und schaltet es ein. Nachdem ich mir die ersten

Minuten angehört habe, ist mir klar, hier gibt es neue Erkenntnisse zu den geschilderten Zeitabläufen. Wenn die Zeitangaben nur annähernd stimmen, kann Bodo N. mit dem Angriff auf seine Chefin nichts zu tun haben. Er gibt zu, dass er ihr, als seine Chefin verärgert die Runde verlassen hatte, gefolgt sei, ihr aber nichts getan habe. Seiner Aussage nach wollte er nur prüfen, ob sie unbeschadet nach Hause kommt. Er hätte sich Sorgen um sie gemacht. Da er sie auf dem Gelände des Grundstücks nicht finden konnte, sei er nach wenigen Minuten wieder in die Männerrunde zurückgegangen und habe sich schlafen gelegt. Sein Chef sei damit einverstanden gewesen. Es sei auch nicht das erste Mal gewesen, dass er dort übernachtete. Auch der Bericht der Kriminaltechnik beweist: Die Kleidung von Bodo N. weist nach gründlicher Untersuchung nicht die geringsten Blutspuren auf. Und die hätten bei dem Tatablauf und den Verletzungen des Opfers unbedingt vorhanden sein müssen. Das ist übrigens auch die Erkenntnis des Gerichtsmediziners Dr. G. vom Institut für Rechtsmedizin, der uns sein Ergebnis bereits am Morgen mitgeteilt hatte.

»Fredi« und ich blicken uns an. Wir haben den gleichen Gedanken. Wenn diese Fakten zutreffen, kann der Kohlenträger auf keinen Fall der Täter sein. Aber irgendetwas stimmt trotzdem nicht mit ihm. Warum hatte das Opfer seinen Namen genannt? Gab es doch einen Vorfall zwischen Bodo und seiner Chefin in dieser Nacht, den er uns verschweigt?

»Fredi, bevor ich die Vernehmung des Jungen fortsetze, möchte ich mir einen persönlichen Eindruck von Bodo N. verschaffen; lass mich kurz mit ihm reden.«

»Na klar, Berndt, mach das, ich glaube, ihm ist es egal, wer mit ihm spricht. Er ist ziemlich durch den Wind und hat Angst, dass wir ihn für den Täter halten könnten.«

Als ich das Vernehmungszimmer betrete, erlebe ich einen in sich zusammengesunkenen Mann, der mir nicht in die Augen blicken kann. Ich gehe zielgerichtet und scharf mit Bodo N. um. »Was haben Sie mit Ihrer Chefin gemacht, nachdem sie die Kohlenhandlung verlassen hatte? Warum sind Sie überhaupt hinterhergegangen?«

Mein Gegenüber schweigt und schüttelt den Kopf.

»Was? Sie wissen es nicht mehr? Ich will es Ihnen sagen. Dass Sie Ihre Chefin nicht verletzt haben, wissen wir inzwischen. Aber Sie haben die Frau bedrängt und sexuell belästigt.«

Der Kohlenmann blickt weiterhin zu Boden und zeigt keinerlei Regung. Ich spüre aber, dass ich ihn bald so weit habe, die Wahrheit zu sagen. Irgendwann kommt es bei vielen Tätern zu einem Punkt, an dem sie sich erleichtern wollen. Ich setze noch einen drauf und bluffe. »Ich bin mir sicher, Ihre Chefin wird das bestätigen. Sie befindet sich auf dem Weg der Besserung.«

Ich habe ihn so weit. Bodo N. hebt den Kopf und starrt mich an. Seine Unterlippe zittert und Schweißperlen stehen ihm auf der Stirn. »Ja, ich wollte sie küssen, doch sie hat mich zurückgestoßen. Dann bin ich gleich wieder in die Kohlenhandlung zurückgegangen. Verdammt noch mal, das haben doch meine Kollegen gesehen!«

»Wo auf dem Grundstück haben Sie sie bedrängt?«
»Nicht auf dem Grundstück, das war davor. Das ist die Wahrheit. Ich habe ihr nichts getan. Das müssen Sie mir glauben. Ich schäme mich.«

Ein Kohlenträger aus Berlin-Prenzlauer Berg

Ich bin mir sicher, dass er die Wahrheit sagt. Auch seine Reue und die Schamgefühle erscheinen mir glaubhaft. Er tut mir fast etwas leid. Ich verständige »Fredi« und bitte ihn, Bodo bis zur endgültigen Klärung der Straftat bei uns zu behalten.

## Das Geständnis

Dann setze ich die Vernehmung von Karsten W. fort. Er ist noch unruhiger geworden. Die Warterei und die Unterbrechung durch meinen Kollegen haben ihn unsicher gemacht. Er ahnt, in welchen Verdacht er geraten ist.

»Tja, Herr W., die Unterbrechung musste sein. Machen wir weiter. Sie wollten mir schildern, wie Sie in der Nacht in die Tollerstraße gekommen sind. Bitte! Sie haben das Wort. Zuvor schalte ich noch das Tonbandgerät ein. Sind Sie damit einverstanden?«

»Ja, aber ich habe doch schon alles den Polizisten vom Funkwagen und dem Kriminalbeamten erzählt.«

»Ja, das ist richtig, aber jetzt machen wir eine Tonaufzeichnung, die dann abgetippt wird und die Sie unterschreiben müssen. Dadurch bekommt Ihre Aussage Beweiskraft. Haben Sie das verstanden?«

»Ja, also noch mal. Ich war gestern Abend auf einer Tanzveranstaltung im Kulturhaus des VEB Bergmann-Borsig. Es war mächtig was los. Die Karte war nicht leicht zu bekommen, aber meine Mutter hat sie mir über irgendwelche Beziehungen besorgt. Na ja, ich habe ab und zu auch mal getanzt und viel Alkohol getrunken.«

»Was und wie viel haben Sie getrunken?«

»Bier und Schnaps.«

»Wie viel genau?«

»Vielleicht zehn Bier und genauso viele Schnäpse. Dann wurde mir übel, ich bin aufs Klo und habe mich übergeben. Danach habe ich die Veranstaltung verlassen. Kaum an der frischen Luft, wurde mir gleich wieder schlecht. Dann bin ich zur Bushaltestelle gegangen. Doch der Bus musste gerade weggefahren sein. Es stand auch niemand mehr an der Haltestelle, und ich bin einfach losgegangen.«

»Wie, ›einfach losgegangen‹? Wie soll ich das verstehen?«

»Ich wollte noch an der frischen Luft sein und bis zur nächsten Haltestelle laufen.«

»Gut, und weiter?«

»Nix weiter. Da ich mich in der Gegend nicht auskannte, muss ich mich wohl verlaufen haben. Plötzlich hörte ich die Hilfeschreie einer Frau. Sie kamen von einem Hof, und ich bin durch eine Tordurchfahrt in Richtung Schreie gelaufen. Da habe ich die Frau liegen sehen.«

»Hatten Sie Körperkontakt mit ihr?«

»Ich glaube, ja. Ich hatte mich über sie gebeugt und gesehen, dass sie eine blutende Kopfwunde hatte. Wahrscheinlich bin ich dabei auch mit ihrer Kleidung in Berührung gekommen. Ich glaube, ich habe sogar noch versucht, sie aufzuheben. Ist mir aber nicht gelungen, und ich geriet in Panik. Ich dachte nur noch, dass die Frau Hilfe braucht. Weit und breit war kein Mensch zu sehen, die Straßen waren menschenleer. Auf der Suche nach einer Telefonzelle kam mir ein Funkstreifenwagen entgegen. Den habe ich angehalten und den Polizisten von der Frau erzählt.«

»Warum haben Sie nicht einfach irgendwo geklingelt und Hilfe geholt? In dieser Gegend gibt es doch genügend Häuser und bewohnte Grundstücke?«

»Ich war so in Panik, daran habe ich einfach nicht gedacht.«

Ich schaue ihn eine Weile an und schweige. Eine gute Methode, einen Tatverdächtigen zu verunsichern.

»Wissen Sie was, Herr W., wir beenden jetzt die Märchenstunde, und Sie schildern mir, was wirklich passiert ist. Wir haben Zeugen und objektive Beweismittel, die einen völlig anderen Ablauf des Geschehens darstellen!«

Karsten W. starrt mich an und sagt kein Wort. Ich sehe ihm an, dass er spürt, dass ich seinen Aussagen von Anfang an keinen Glauben geschenkt habe. Ich spüre, wie er mit sich kämpft. Er ist ein junger Mann auf dem Wege zum Erwachsenwerden. Nicht vorbestraft, keine Erfahrung mit der Polizei, und er hat sicherlich auch noch keine größeren Probleme in seinem Leben bewältigen müssen. Ich glaube, ihm jetzt eine Brücke bauen zu müssen.

»Wissen Sie, ich möchte Sie noch darauf aufmerksam machen, dass wir trotz Ihrer Säuberungsarbeiten an der Kleidung im Bereich des Jackenkragens zahlreiche Blutspuren gefunden haben. Die Form der Blutspritzer lässt deutlich erkennen, dass Sie die Frau geschlagen und nicht nur zufällig berührt haben. Wir haben auch den Gegenstand gefunden, mit dem Sie auf die Frau eingeschlagen haben. Sie wissen, was ich meine. Es hat wirklich keinen Sinn mehr, zu leugnen.«

Ich biete ihm eine Zigarette an. Wir rauchen beide, und ich überlasse ihn seinen Gedanken. Es vergehen vielleicht fünf Minuten, dann beginnt er, zu reden: Er hatte sich auf der Veranstaltung Mut angetrunken, um ein Mädchen anzusprechen. Doch seine Annäherungs- und Flirtversuche blieben erfolglos. So hatte er sich den Abend nun wirklich nicht vorgestellt. Verärgert und aufgewühlt verließ er gegen Mitternacht das Kultur- haus und lief ziellos und betrunken durch die Straßen des Ortsteils Wilhelmsruh. In der Tollerstraße traf er die ebenfalls stark alkoholisierte Elisabeth Radtke. Sie stand in unmittelbarer Nähe der Tordurchfahrt und rauchte eine Zigarette. Er sprach sie an, merkte aber schnell, dass sie keine Lust auf ein Gespräch hatte. Das machte ihn wütend, denn Ablehnungen hatte er heute schon genug erfahren.

Dann erklärt er mir, dass er plötzlich sexuell sehr er- regt gewesen wäre, aber merkte, bei ihr nicht landen zu können. Während er mir das alles erzählt, steht er auf und läuft durch den Raum. Ich sehe ihm an, dass ihn die Erinnerung sehr belastet. Ich lasse ihm die Zeit, die er braucht, um weiterreden zu können.

Er erzählt, dass er der Frau ohne Vorwarnung mit der Faust ins Gesicht geschlagen, sie an den Hüften ergriffen und durch das Tor auf den Hof geschleppt habe. Dort warf er sie auf den Boden, versuchte, ihre

Bluse zu öffnen und den Rock hochzuschieben. Aber die Frau leistete erheblichen Widerstand. Doch statt zu flüchten, machte ihn das noch wütender. Als sie auch noch anfing, zu schreien, schlug er ihr mehrfach mit der Faust ins Gesicht. Da er glaubte, die Schreie müsse man meilenweit hören, kniete er sich über sie, nahm den von uns sichergestellten Stein und schlug ihr damit mehrfach auf den Kopf. Jetzt hörte sie auf, zu schreien, und stöhnte nur noch. Die anfängliche sexuelle Lust war ihm jetzt allerdings vergangen. Er ließ sofort von ihr ab und rannte vom Hof nach links bis zur nächsten Querstraße.

Planlos sei er dann durch mehrere Straßen gelaufen und keinem Menschen begegnet. Dann hätte er die Orientierung verloren, sich aber etwas beruhigt und nach einer Bushaltestelle gesucht. Dabei begegnete er dem Funkstreifenwagen. Durch seine Orientierungslosigkeit hatte er sich im Kreis bewegt. Er war also wieder bis zur Tollerstraße zurückgelaufen. Als er das Polizeiauto sah, wäre er schlagartig nüchtern geworden und habe sich eine plausible Erklärung für seine Anwesenheit an diesem Ort ausgedacht.

## Schlussbemerkung

Durch einige glückliche Umstände war diese Straftat innerhalb eines Tages aufgeklärt. Wie meine Oma schon sagte: »Glück hat nur der Tüchtige.«

Aber wenn man das vorliegende Geschehen betrachtet, muss ich als kritischer Fachmann feststellen, ohne das kopflose Verhalten des Täters wäre eine so schnelle Aufklärung nicht möglich gewesen.

Aufgrund der Schwere der Straftat blieb er auf Anordnung eines Richters in U-Haft. Karsten W. wurde wegen versuchter Vergewaltigung und versuchten Totschlags zu fünf Jahren Freiheitsentzug verurteilt.

Das Opfer wurde nach längerer ärztlicher Behandlung ohne Nachfolgeschäden aus dem Krankenhaus entlassen. Zum eigentlichen Tatgeschehen konnte Frau Radtke auch später keine Angaben machen.

# Brennpunkt »Kutte«

Mittwoch, 5. Januar 1977

Andreas W. freut sich. Er hat auch allen Grund dazu. Schließlich ist er einer von denen, die heute die Auszeichnung »Bester Lehrling 1976« bekommen sollen. Gleich würde auch er auf die Bühne der kleinen Aula der Berufsschule in Berlin-Friedrichshain gerufen werden und eine Urkunde bekommen. Einer von zwanzig Schulabgängern der achten Klasse der Hilfsschule, die zu Teilfacharbeitern in verschiedenen Berufen ausgebildet werden. Im Sozialismus sollte jeder eine Chance haben.

Der siebzehnjährige Buchdruckerlehrling ist aufgeregt und würde sich am liebsten heimlich, still und leise aus dem Staub machen. Auffallen ist nicht sein Ding. Andreas ist klein, hat schmale Schultern und jede Menge Pickel im Gesicht. Mit anderen Worten: Er ist nicht gerade der Typ, auf den die Mädchen fliegen. Und darunter leidet er. Die Mädels, die ihm gefallen, lassen ihn entweder links liegen oder lachen ihn sogar aus. Das macht ihn manchmal traurig, meistens aber wütend. Er selbst schaut auch nur ungern in den Spiegel. Hinzu kommt noch sein merkwürdiges Verhalten. Aufgrund seiner Schüchternheit versucht er, besonders männlich aufzutreten. Da kommt es schon mal zu verbalen Entgleisungen. Sein Lieblingsspruch, wenn ihn wieder mal

eine abblitzen lässt: »Du siehst aus wie 'ne Schrippe.«
Nicht gerade das, was ein junges Mädchen hören will.

Doch heute will er an solche unangenehmen Erfahrungen nicht denken. Auf der Bühne der Aula hat er sich sogar wohlgefühlt. Er war wer, das hat er gespürt. Nur dass seine Eltern nicht dabei sein konnten, hat ihn enttäuscht. Papa ist krank, Mama wollte ihn nicht allein lassen. Doch als er durchs Schultor ging, hatte er gute Laune. Mit der Urkunde in der Schultasche sitzt er nun in der S-Bahn in Richtung Bernau, wo er bei seinen Eltern wohnt. Es schneit. Andreas schaut den Schneeflocken nach, die leicht und behutsam zu Boden fallen.

Auf dem S-Bahnhof Pankow schaut er auf die Bahnsteiguhr. Es ist kurz vor vier. Da kommt wieder diese Unruhe in ihm auf. Andreas schließt die Augen und gibt sich seinen Fantasien hin. Den Fantasien, in denen kleine Mädchen eine immer größere Rolle spielen. Und wieder spürt er den Drang nach sexueller Befriedigung. So wie damals, vor ein paar Tagen in Blankenburg, als er diese sexuelle Erregung zum ersten Mal auch ausgelebt hatte. Es war ein tolles Gefühl gewesen, und das wollte er wieder haben. Seitdem ist er rund um Bernau immer wieder »fündig« geworden. Im Gegensatz zu gleichaltrigen Mädchen, kam er bei den jüngeren schnell zum Ziel. Viermal hatte er sein Ziel bereits erreicht. Jedes Mal war es der gleiche Typ Mädchen, der ihn sexuell erregt hatte: sieben bis elf Jahre alt und blond. Dreimal hatten verbale Drohungen ausgereicht, einmal musste er körperliche Gewalt anwenden, und es gab, wie er sich ausdrückte, was auf die Glocke.

Zwar hatte bisher keine Zeitung darüber berichtet, dass ein »böser Junge« sein Unwesen treibt und kleine Mädchen belästigt. Doch in der Kleinstadt Bernau hatten sich die Taten trotzdem schnell herumgesprochen. Eltern warnten ihre Töchter und mahnten sie zur Vorsicht. Obwohl ihn niemand im Verdacht hatte, beschloss er, vorsichtiger zu sein und sein Umfeld von Bernau weg an die S-Bahnstrecke nach Pankow zu verlagern. Doch so einfach, wie er es sich vorgestellt hatte, war es nicht. Drei Versuche blieben erfolglos, und er musste sich unverrichteter Dinge davonmachen. Ein Mädchen hatte ihn ignoriert, zwei andere waren davongelaufen. Am 28. Dezember hatte er dann endlich wieder Erfolg.

Am S-Bahnhof Blankenburg steigt er aus, trinkt am Bahnhofskiosk eine rote Brause und läuft dann eine Stunde ziellos durch Blankenburgs Straßen. Kein Mädchen seines bevorzugten Typs begegnet ihm, und Andreas will schon frustriert aufgeben, als ihm in der Harzburger Straße ein blondes Mädchen entgegenkommt. Bereits als er es von weitem sieht, spürt er seine sexuelle Erregung. Als er auf gleicher Höhe ist, spricht er das Mädchen an. Doch auch die zehnjährige Maike reagiert nicht und lässt ihn stehen. Zu seiner sexuellen Lust kommt nun noch die Wut über die neuerliche Abfuhr hinzu. Brutal packt er die Zehnjährige, presst seine Fingernägel in ihre Schultern und zerrt sie durch eine offene Gartentür auf das dahinterliegende Grundstück. Er sieht zwar, dass auf dem Grundstück ein kleines Haus steht, in dem Licht brennt, aber er ist zu stark erregt, als dass er aufhören könne, und vergisst alle Vorsicht. Er klemmt das Kind in den Schwitzkasten und schiebt es in einen Schuppen direkt neben dem Wohnhaus. Als das Mädchen schreien will, hält er ihm erst den Mund zu, dann legen sich seine Hände um den Hals. Erst als sein Opfer kaum noch Luft bekommt und röchelt, lockert er den Griff. Im Schuppen ist es dunkel, und es riecht nach Farbe. Er stolpert über ein paar Blechdosen, die auf dem Boden liegen, und erschrickt. Für einen Moment scheint es, als würde er Angst bekommen und das Mädchen loslassen. Doch wenige Sekunden später hat sich Andreas wieder in der Gewalt. Er zieht das Mädchen in die hintere Ecke des Schuppens, drückt es gegen eine dort stehende Leiter und öffnet den Reißverschluss seiner Hose. Dann muss Maike ihn oral befriedigen. Sie weint, tut aber alles, was er von ihr verlangt. Mit den Worten: »Wenn du schreist, bringe ich dich um«, verlässt er kurz darauf den Schuppen. Das verängstigte Kind hockt noch minutenlang auf dem Boden und ist unfähig, sich zu bewegen. Erst als Maike es vor Kälte nicht mehr aushält, schleicht sie sich nach draußen.

Zeitgleich mit ihren Eltern kommt Maike nach Hause und erzählt ihnen weinend von dem Überfall. Während die Mutter ihre Tochter in die Arme nimmt und tröstend über den Kopf streichelt, verständigt der Vater telefonisch die Polizei. Eine halbe Stunde später sind zwei Beamte des Dauerdienstes der Inspektion Pankow bei der Familie. Vorsichtig befragen sie das Opfer und lassen sich von Maike den Tatort zeigen. Danach bringt ein Funkwagen das Mädchen ins Krankenhaus Pankow. Die Befragung des älteren Ehepaars, das das Häuschen neben dem Schuppen bewohnt, ergibt nichts. Es hat von alledem nichts mitbekommen. Der Einsatzleiter lässt den Schuppen für die Spurensicherung bis zum nächsten Tag sperren.

## Donnerstag, 6. Januar 1977

Das neue Jahr ist gerade einmal sechs Tage alt, der Winter hat mit aller Kraft begonnen. Der Schnee auf den Straßen dämpft die Schritte der Menschen. Die Ruhe und Eiszapfen an den Dachrinnen haben etwas Märchenhaftes. Die Menschen laufen dick eingemummelt durch die Stadt; nur die Kinder freuen sich über den Schnee. Auch mein Sohn Thomas: Er hat zu Weihnachten einen neuen Schlitten bekommen. Trotz der Kälte bin ich in bester Laune und laufe die dreihundert Meter von Zuhause in die Inspektion. Kurz vor der Inspektion falle ich fast auf den Hintern, weil meine Gedanken schon beim Rodeln mit meinem Jungen sind. Zum Glück geht jedoch noch einmal alles gut. Doch die Kollegen, die meinen eleganten Schwung vom Fenster aus beobachten, grinsen über beide Backen. Noch bevor ich meine dicke Jacke ausgezogen habe, meinen sie: »Sehr schwungvoll, Berndt, das solltest du öfter mal üben.« Dann zeigt einer der Kollegen auf meinen Schreibtisch und sagt: »Kiek mal, eben reingekommen. Kannst dir schon mal unseren neuen Fall anschauen.« Die Notiz liegt neben dem Telefon: »Sexueller Missbrauch durch unbekannten Täter«.

Nach meinem erfolgreichen Fernstudium der Kriminalistik an der Offiziersschule Aschersleben bin ich seit zwei Jahren Leiter der Arbeitsgruppe »Schwere Straftaten« der Polizeiinspektion Pankow. Eine Arbeit, die mir viel Spaß macht, auch wenn sie oft anstrengend ist. Kein Tag ist wie der andere. Immer neue Fälle und neue Herausforderungen.

Gemeinsam mit einem Kollegen mache ich mich auf den Weg, und wir schauen uns den Tatort an, an dem die Kriminaltechniker gerade mit ihrer Arbeit fertig geworden sind. Sie sehen mich und schütteln die Köpfe. Was so viel bedeutet wie: Nix Wichtiges gefunden. Keine Fingerabdrücke, kein Sperma und auch keine verwertbaren Schuhabdrücke. *Na toll*, denke ich, *der Tag fängt ja gut an*. »Lass uns noch einmal das Mädchen befragen, vielleicht ist ihm noch etwas eingefallen«, sage ich zu meinem Kollegen. Bis zum Elternhaus des Mädchens sind es nur fünf Minuten, und ein bisschen frische Luft tut uns beiden gut. Im Haus herrscht eine gedrückte Stimmung, und die kleine Maike sitzt mit dick verweinten Augen am Küchentisch. Schrippen und Marmelade stehen unberührt vor ihr. Nach wenigen Minuten verabschieden wir uns. Sie kann uns im Moment nicht weiterhelfen.

Nun beginnt die Routine. Die Überprüfung einschlägig vorbestrafter Täter ergibt nichts; auch die Durchsicht ähnlicher Taten in den letzten Jahren bleibt erfolglos. Zu diesem Zeitpunkt gibt es nur einen einzigen Fall von Missbrauch an einer Minderjährigen. Der Täter hatte jedoch eine völlig andere Vorgehensweise an den

Tag gelegt. Er hatte am Gartentor eines Einfamilienhauses geklingelt und das Mädchen unter dem Vorwand, er müsse den Stromzähler ablesen, überredet, ihn ins Haus zu lassen. Nachdem er sich sicher war, dass er mit der Zwölfjährigen allein im Haus war, hatte er seine Hose runtergelassen. Bevor das Mädchen schreien konnte, hatte der Täter es mit Drohungen eingeschüchtert und sich selbst befriedigt. Er hatte bei seinen sexuellen Handlungen das Mädchen nicht berührt. Auch die Personenbeschreibung entspricht in keiner Weise dem Täter aus der Harzburger Straße. Es gibt also keine heiße Spur. Wir müssen abwarten.

Zur gleichen Zeit haben wir in der Arbeitsgruppe noch andere Straftatenkomplexe zu bearbeiten. Einbrüche in Wohnungen und Betriebe, einen Raub und eine schwere Körperverletzung durch einen unbekannten Täter. Mit anderen Worten: An Arbeit fehlt es uns nicht.

Ich habe eiskalte Füße, schließe die Tür meines Dienstzimmers und ziehe die Schuhe aus. Die Kälte hat sich bis tief in meine Knochen gegraben, und ich lege die Beine auf die Heizung. Viel Zeit zum Aufwärmen bleibt mir allerdings nicht, denn Major Schneider wartet auf meinen Rapport. In zehn Minuten ist Lagebesprechung. Bei den täglichen Rapporten müssen alle Kommissariats- und Arbeitsgruppenleiter anwesend sein. Wer nicht dabei ist, braucht eine gute Ausrede. Unter 39 Grad Fieber läuft gar nichts. Plötzlich fliegt die Tür auf und Günter »Charly« stürmt ins Zimmer. »Berndt, schlechte Nachricht, ich habe eben vom Kriminaldienst erfahren, dass gestern am späten Nachmittag in der Florastraße in Karow ein weiteres Mädchen missbraucht worden war. Da habe ich doch gleich an die Harzburger Straße gedacht. Könnte doch derselbe Täter sein.«

»Danke, ›Charly‹. Auf schlechte Nachrichten vorbereitet zu sein, ist immer gut.«

Wie nicht anders zu erwarten, steht der Missbrauchsfall beim Chef ganz oben auf der Liste. Delikte an Kindern sind immer vorrangig zu bearbeiten, und diese Sexualstraftat fällt eindeutig in die Zuständigkeit meiner Arbeitsgruppe. Am Ende der Sitzung spricht mich der Leiter der Kriminalpolizei direkt an. Er will einen genauen Bericht zur noch nicht aufgeklärten Straftat vom Dezember in Blankenburg haben. Leider kann ich über keinerlei Fortschritte bei den Ermittlungen berichten. Besonders erstaunt erscheint er darüber allerdings nicht. Dann informiert der Chef die Rapport-Teilnehmer über den Stand der Ermittlungen und bittet sie, noch einmal alle Einzelheiten durchzugehen und neue Ergebnisse sofort an mich weiterzuleiten. Es sei fatal, wenn sich später herausstellen würde, wir hätten etwas übersehen. Vor allem muss geprüft werden, ob es sich um ein und denselben Täter handelt, wie die genaue Spurenlage ist und ob es außer dem Mädchen eventuell weitere Zeugen gibt. Einige der Kommissare schauen mich skeptisch an und wiegen sorgenvoll ihre Köpfe. Alle Fakten laufen auf einen neuen »Brennpunkt« hin, das heißt nach dem *Handbuch für Kriminalisten* auf »vorsätzliche, gleiche oder unterschiedliche in Serie begangene Straftaten, die untereinander einen durch objektive Kriterien gekennzeichneten Zusammenhang aufweisen, von einem Täter oder von gemeinschaftlich handelnden Tätern begangen wurden und in ihrer Gesamtheit gesellschaftsgefährlich beziehungsweise in hohem Maße gesellschaftswidrig sind«.

Mit den Worten: »Wir treffen uns in einer Stunde in meinem Büro«, verschwinde ich in der Kantine. Ich habe Appetit auf ein knackiges Mettwurstbrötchen mit Zwiebeln, aber »Charly« schnappt mir das letzte Brötchen vor der Nase weg. Also bestelle ich mir eine Nudelsuppe mit Huhn und Gemüse und bin überrascht, wie lecker sie schmeckt. Danach setzen wir uns wieder alle zusammen und gehen die Fakten beider Taten noch einmal durch. Die Auswertung ergibt einwandfrei: Es handelt sich um den gleichen Täter!

Bevor mein Büro völlig vom Zigarettenqualm vollgenebelt ist, öffne ich das Fenster. Zum tausendsten Mal nehme ich mir vor, mit dem Rauchen aufzuhören. Ich hebe die Arme und hole fünfmal tief Luft. Dann ist mir kalt, und ich schließe das Fenster wieder. Irgendwie hat meine Frischluftaktion Eindruck gemacht, denn in den nächsten Minuten steckt sich niemand mehr eine Zigarette an. Ich stelle Leutnant Günter »Charly« B., Leutnant Fred »Fredi« G. und Leutnant Wolfgang G. zu einer Einsatzgruppe zusammen, die ausschließlich für diese beiden Sexualdelikte zuständig ist. Für die fachlich kriminaltechnische Unterstützung hole ich Oberleutnant Klaus B. noch ins Boot. Ohne lange zu diskutieren, wissen wir: Eile ist angesagt. Wir sind uns ziemlich sicher, der Täter wird wieder zuschlagen. Wenn wir ihn nicht bald ermitteln, wird er sich das nächste Kind schnappen, es missbrauchen und für sein ganzes Leben traumatisieren. Die restlichen Kollegen meiner Arbeitsgruppe bleiben für die anderen Delikte eingeteilt. Ich wünsche allen einen guten Feierabend und gehe nach Hause. Mein Sohn erwartet mich schon mit seinem neuen Schlitten an der Tür. Obwohl es ziemlich dunkel ist, drehe ich mit Thomas und mit Hilfe meiner Diensttaschenlampe noch eine Runde ums Haus.

## Montag, 10. Januar 1977

Der Tag ist mit Routineaufgaben vergangen und hat keine neuen Erkenntnisse gebracht. Aber so sieht oft der Alltag eines Kriminalisten aus. Akten blättern, Täterdateien durchsuchen, sich mit Kollegen abstimmen und, nicht zu vergessen, mehr oder weniger sinnlose Formulare ausfüllen und Berichte tippen. Gegen achtzehn Uhr mache ich Feierabend; »Charly« sitzt noch vor einem Stapel Papierkram und flucht vor sich hin. Ich grinse und wünsche ihm einen guten Feierabend.

Gabi hat zu meiner Freude mal wieder Kartoffelsuppe gekocht und als Nachtisch stellt sie Schokoladenpudding auf den Tisch. Selbstgemacht natürlich. Ich lege die Beine aufs Sofa und schalte den Fernseher ein. Karl-Eduard von Schnitzler schaut mich durch seine dicken Brillengläser hindurch an. Ich schalte den Ton ab. Dann klingelt das Telefon. Es ist zwanzig Uhr.

Der Beamte vom Kriminaldienst Pankow informiert mich über den Verdacht eines neuen Sexualdelikts an einem Mädchen in Berlin-Karow. »Charly« und Wolfgang seien schon informiert und befinden sich bereits am Tatort. Also heißt es: wieder Schuhe und Jacke an, Schal um und ab zur Inspektion. Dort wartet bereits ein Funkwagen und bringt mich in die Wohnung der neunjährigen Beate. Wolfgang und ich befragen das Mädchen im Beisein der Eltern. Wie immer in solchen Momenten, fühle ich mich unwohl. Das Kind tut mir leid. Doch eine Befragung lässt sich nicht vermeiden. Es geht darum, so schnell wie möglich den Täter hinter Gitter zu bringen, bevor er noch mehr Unheil anrichtet. Doch viel kann uns das Mädchen nicht berichten. Anschließend fahren wir in die Kerkowstraße. Der Tatort befindet sich im Kellergeschoss eines noch nicht fertiggestellten Einfamilienhauses. »Charly« ist noch vor Ort.

Das Mädchen hat uns den Tatort konkret beschrieben, und wir beschließen, mit ihm am nächsten Tag dorthin zu gehen. Wir machen immer wieder die Erfahrung, dass vielen Zeugen und auch Opfern erst im Nachhinein Dinge einfallen, die ihnen am Tag zuvor unwichtig erschienen waren oder an die sie in der Aufregung nicht gedacht hatten. Jede Kleinigkeit kann von größter Bedeutung sein. Doch für heute wollen wir das Kind in Ruhe lassen. Es hat genug gelitten.

Der Kriminaltechniker klopft mir auf die Schulter und fragt mich, ob es möglich sei, dass er seine Arbeit morgen bei Tageslicht fortsetzen könne. Klaus B. ist ein zuverlässiger und vor allem ein penibler Spurensicherer, und ich bin froh, ihn in meinem Team zu haben. Ich nicke und lasse den Tatort absperren. Klaus kann sich also auf die Spurensuche am nächsten Tag konzentrieren.

Zwischenzeitlich erfahren wir auch nähere Angaben zum Tatablauf. Seinen Eltern hat das Mädchen erzählt, dass es den Eindruck gehabt hatte, vom S-Bahnhof Karow an verfolgt worden zu sein. Das war so gegen siebzehn Uhr gewesen. Es hatte einen jungen Mann bemerkt, sich aber nichts Böses dabei gedacht. In Gedanken war Beate noch beim Training der Schüler-Handball-Mannschaft BSG Medizin Berlin-Buch. Sie ärgerte sich immer noch über ihren verpatzten Freiwurf kurz vor Ende des Spiels, als sie von hinten an den Schultern gepackt wurde. Der Angriff kam plötzlich und unerwartet. Der unbekannte Verfolger drängte sie mit Gewalt auf das Gelände der Baustelle. Als sie stolperte, schrie er sie an, sie solle sich nicht so anstellen und gefälligst aufpassen. Er hielt ihr den Mund zu und schlug ihr mehrmals mit seiner Faust ins Genick. Im Kellergeschoss des Rohbaus holte der Täter sein Geschlechtsteil aus der Hose und befahl ihr, es anzufassen. Was sie aus Angst auch tat. Als er dann versuchte, ihr die Hose auszuziehen, riss sie sich los, stieß ihn zurück und flüchtete. Während sie die halbfertige Kellertreppe hochstolperte, schrie er ihr Obszönitäten hinterher. Auf der letzten Stufe fiel sie, schlug sich das linke Knie blutig, raffte sich auf und rannte »um ihr Leben« (ihre Worte) in Richtung Elternhaus. Weinend fiel sie ihrer Mutter um den Hals und schilderte das Geschehen.

Über den Notruf 110 verständigte die Mutter sofort die Polizei. Eine Viertelstunde später war ein Funkwagen der Inspektion Pankow mit zwei Beamten bei ihnen. Die Besatzung ließ sich eine Täterbeschreibung geben und leitete die Fahndungsmaßnahmen ein.

Die neunjährige Beate hatte sich inzwischen erstaunlich schnell erholt und erklärte der Funkwagenbesatzung, sie wolle bei der Fahndung mitmachen; schließlich hätte sie den Täter gesehen und würde ihn sofort wiedererkennen. Ein Phänomen, das uns häufig begegnet und auf die Schockwirkung der Tat zurückzuführen ist. Doch die Beamten lehnten natürlich ab.

Die ersten Fahndungsmaßnahmen und Ermittlungen brachten keine Hinweise. Tatbegehung und Personenbeschreibung ließen jedoch schnell den Schluss zu: Es handelt sich auch hier wahrscheinlich um den gleichen Täter wie bei den Sexualdelikten in Blankenburg und Karow.

## Ab Dienstag, 11. Januar 1977

Nun ist klar, wir haben einen neuen Brennpunkt zu bearbeiten. Was wiederum mit viel Bürokratie verbunden ist, die uns von der eigentlichen Arbeit abhält. Wir müssen einen »Brennpunktbefehl« für den Inspektionsleiter Pankow, Oberstleutnant Maschke, erarbeiten. Gleichzeitig aber auch Informationen für das Polizeipräsidium erstellen und Fahndungsinformationen für alle Dienststellen in Pankow und angrenzenden

Polizeikreisämter anfertigen. Für jeden von uns die absolute »Lieblingsbeschäftigung«. Wie so oft, bleibt der Papierkram bei mir hängen. Das Wichtigste erledige ich vor der Frühbesprechung, das weniger Wichtige packe ich in die unterste Schublade meines Schreibtischs.

Unsere Bürofee Bärbel hat inzwischen Kaffee auf den Tisch gestellt. »Charly« bleibt an der Eingangstür stehen, zeigt auf die Kanne und fragt: »Guten Morgen, Babs, wo sind denn die belegten Schrippen?« Bärbel streckt ihm die Zunge raus.

Als alle am Konferenztisch sitzen, bringt Bärbel noch einen Teller mit Keksen herein. »Selbstgebacken. Viel zu gut für euch Banausen«, betont sie und verschwindet. Nachdem sich jeder von uns mit Kaffee und Keksen versorgt hat, werten wir die Tatabläufe der einzelnen Sexualdelikte noch einmal aus und erhalten so konkretere Angaben zum »Signalement« des Täters. Die Signalementlehre ist ein: »Umfassender Begriff für Methoden zur Beschreibung von lebenden Personen und unbekannten Toten, zur Feststellung ihrer Identität und zur Herstellung von Registrierunterlagen (kriminalistische Registrierung) für Fahndungs- und Ermittlungszwecke ...« So steht es jedenfalls im *Wörterbuch der Kriminalistik*, in der Ausgabe von 1981, geschrieben.

Besonders die neunjährige Beate hat uns mit ihrer ausführlichen Täterbeschreibung sehr geholfen. Und wie oft in solchen Fällen, werden die Anwohner durch unsere Ermittlungen aufgeschreckt, und wir bekommen einige brauchbare Hinweise. Wir erfahren, dass sich unser Täter bereits im Dezember 1976 und auch bei den letzten Taten vorher stets anderen Mädchen genähert hatte. Allerdings ohne Erfolg. Und noch etwas ist wichtig. Bei der Beschreibung der Bekleidung des Täters kam vom Opfer und auch von den Zeugen immer wieder der gleiche Hinweis: dunkelgrüne oder blaue Jacke. Diese Art der Bekleidung wird damals als »Kutte« bezeichnet, und so geben wir unserem Brennpunktfall den Codenamen »Kutte«.

Anhand der Personenbeschreibung lassen wir vom Porträtzeichner der Kriminalpolizei des Präsidiums ein sogenanntes »subjektives Porträt« fertigen. Heute ist die Bezeichnung »Phantombild« üblich.

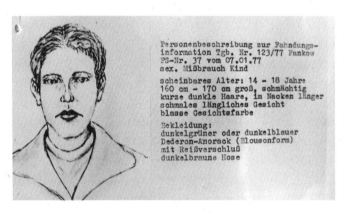

Das subjektive Porträt oder auch Phantombild zum Brennpunktfall »Kutte«

Unsere Ermittlungen konzentrieren sich natürlich auch auf die in unserem Stadtbezirk bekannten Sexualstraftäter, und wir führen mehrfach verdeckte Gegenüberstellungen durch. Dafür nutzen wir einen auf dem

Polizeirevier 281 in Pankow aus vergangenen Zeiten stammenden »Spiegelspion«. Der Spiegelspion, »auch Rauchspiegel genannt, ist ein Glasspiegel in beliebiger Abmessung, der ohne Beeinträchtigung seiner Funktion von der Rückseite durchsichtig ist. Einer hinter dem Spiegel befindlichen Person ist es dadurch möglich, die vor dem Spiegel stehende Person oder den davorliegenden Raum zu beobachten, ohne selbst gesehen zu werden«. So beschreibt ihn das *Kleine Lexikon für Kriminalisten* von Dr. Gerhard Feix, erschienen 1965.

Mit dieser Methode können wir das unmittelbare Zusammentreffen zwischen Opfern beziehungsweise Zeugen mit den zu überprüfenden Männern verhindern. Diese Art der Gegenüberstellung muss allerdings gründlich vorbereitet werden. Zeugen, Kinder und Tatverdächtige müssen im gleichen Zeitraum zur Verfügung stehen. Das erfordert oftmals viel Geduld und Koordinationstalent. Für diese Arbeit setze ich Leutnant Wolfgang G. und Leutnant »Fredi« G. ein. Für die Bearbeitung von Hinweisen und den weiteren Ermittlungen in den Tatortbereichen ist Leutnant Günter B. zuständig. Ich selbst konzentriere mich auf die Einbeziehung von sogenannten »gesellschaftlichen Kräften« im Stadtbezirk. Dazu gehören auch die freiwilligen Helfer der Volkspolizei. Sie sind ehrenamtlich in ihren eigenen Wohnbereichen tätig und werden von einem Polizisten zum Einsatz geführt. Meist sind das besonders ausgebildete Polizeioffiziere, die als sogenannte Abschnittsbevollmächtigte (ABV) in ihrem Wohnbezirk tätig sind. Viele von ihnen werden bei Eignung später von der Kriminalpolizei übernommen. Gerade in unserem Fall erscheint mir der Einsatz dieser Helfer besonders wichtig. Schließlich kennen sie die Örtlichkeiten und die Anwohner sehr genau. Auch mein geschätzter Mitarbeiter Leutnant Günter B. (»Charly«) war, bevor er zur Kriminalpolizei wechselte, ebenfalls ABV im Stadtbezirk gewesen. Die freiwilligen Helfer werden neben polizeilichen Aufgaben, wie Verkehrsüberwachung, auch für Fahndungszwecke eingesetzt. Wobei stets darauf geachtet wird, dass sie nur an den Wochenenden oder nach ihrer täglichen Arbeit eingesetzt werden.

Eine unserer Versionen ist, dass der Täter vermutlich aus den Ortsteilen Heinersdorf, Blankenburg, Karow oder Buch stammt. Dafür haben wir zwar keine konkreten Hinweise, aber die Auswahl der Tatorte lässt das vermuten. Das Alter des Täters allerdings ist klar: Wir haben es mit einem Jugendlichen zwischen vierzehn und achtzehn Jahren zu tun. Und er ist brutal. Doch das ist auch schon alles. Mehr haben wir nicht. Auch die Überprüfung aller Hinweise bleibt ohne Erfolg. Da die Zeit drängt, bitte ich um personelle Unterstützung. Man schickt mir einen ABV aus dem Ortsteil Karow und zwei Praktikanten der Humboldt-Universität, Sektion Kriminalistik. Das ist zwar aus meiner Sicht nicht ausreichend, doch immerhin ein kleiner Fortschritt. Trotzdem bewegen wir uns auf der Stelle. »Charly« fasst das Dilemma in einem einzigen Satz zusammen: »Es ist zum Kotzen.«

Nun ordne ich operative Einsätze an. Wir überwachen mit eigenen Kräften und Schutzpolizisten in Zivil die S-Bahnhöfe Pankow-Heinersdorf, Blankenburg und Karow. Wir müssen alle Wochentage vor Ort sein, denn ein Muster ist bei den bisherigen Tattagen nicht vorhanden. Es ist jedoch nur eine Frage der Zeit, wie lange wir diese Einsätze durchhalten können. Aber diese Maßnahmen bringen zunächst auch keinen Erfolg.

## Eine neue Tat

Kein Filmregisseur hätte sich eine spannendere Szene ausdenken können. Selbst Hitchcock wäre vor Neid erblasst. Ein junges Mädchen rennt um sein Leben. Es ist Winter, kurz nach sechzehn Uhr, zwei Laternen sind ausgefallen, die Straße liegt im Dämmerlicht. Das Mädchen atmet heftig, gibt sein Letztes. Noch fünfzig Meter bis zum Haus ihrer Eltern. Das Keuchen des Mannes hinter ihr wird lauter. Sie wagt es nicht, sich umzudrehen … Die letzten zwanzig Meter noch, dann hat sie es geschafft. Die Gartenpforte ist offen, schnell den Schlüssel im Türschloss zweimal gedreht, sie ist drin. Sie atmet auf … Zu spät bemerkt sie, dass sie vergessen hatte, die Haustür zu verschließen. Wieder stockt ihr der Atem. Auf dem Weg zurück zur Haustür sieht sie, wie jemand von außen die Klinke herunterdrückt. Ihr Herz rast, Schweiß rinnt über ihre Augen. Sie brennen, so dass sie fast nichts mehr sieht. Sie rennt wie ein Teufel ins Schlafzimmer der Eltern, denn sie weiß, dass das Schlafzimmerfenster immer etwas geöffnet ist. Sie hört die Wohnungstür zufallen, stolpert über den liegengebliebenen Staubsauger, erreicht das Fenster, springt in den Garten. Hastig zwängt sie sich durch eine Lücke im Zaun und klingelt bei den Nachbarn. Aus den Augenwinkeln sieht sie noch, wie der fremde Mann davonrennt und in der Dämmerung verschwindet.

Doch die Geschichte ist keine Filmszene, es ist die Geschichte der zwölfjährigen Sandra aus der Ilsenburgstraße. Der junge Mann hatte sie in der Nähe des S-Bahnhofs Blankenburg mit schweinischen Bemerkungen angemacht, und sie hatte ihn unbeachtet stehen lassen und war losgerannt …

Es ist siebzehn Uhr, als wir von dem Fall erfahren. Damit ist der Feierabend im Eimer. Hier könnte unser Brennpunkttäter aktiv geworden sein. Ich fahre mit Günter B. und Wolfgang G. in die Ilsenburgstraße, und wir werden von einer Funkwagenbesatzung und einer wütenden Menschenmenge erwartet. Sandra sitzt mit ihrem Vater auf der Wohnzimmercouch und steht unter Schock. Sie hält ihren Teddy »Eddi« im Arm, als wolle sie ihn beschützen. Was geht in diesem Kind vor? Welche Auswirkungen wird das Geschehene auf ihr weiteres Leben haben? Wird sie jemals frei und unbeschwert im Dunkeln eine Straße langgehen können? Ich bin mal wieder in einer Situation, in der Emotionen und Professionalität im Widerstreit liegen. Auch Günter und Wolfgang haben wohl ähnliche Gefühle, denn sie sind schweigsamer, als ich sie sonst erlebe. Wir brechen die Befragung auch ziemlich schnell ab, denn in diesem Zustand kann uns Sandra nur vage Angaben zum Tathergang machen. Doch aufgrund des wenigen

Wissens ist uns klar: Hier war unser Brennpunkttäter wieder am Werk. Sein Ziel hat er diesmal zwar nicht erreicht, aber es ist eindeutig eine versuchte Straftat, die wir ihm zuschreiben. Das skrupellose Vorgehen und das Eindringen in das Haus beweisen, dass er immer gefährlicher wird.

Trotz allem registriere ich nüchtern: Der Täter war im Haus gewesen. Vielleicht hat er auswertbare Spuren hinterlassen. Bisher haben wir nur Teile einer Schuhspur im Schuppen am Tatort Harzburger Straße gefunden. Mit Sandras Eltern bespreche ich die weitere Vorgehensweise hinsichtlich der Spurensuche in ihrem Wohnhaus. Bis die Kriminaltechniker mit ihrer Arbeit fertig sind, wollen sie bei den Nachbarn bleiben.

Ich habe außerdem einen Fährtenhund der Kriminalpolizei angefordert und hoffe auf den Einsatz meines Lieblingshunds, Schäferhund »Ali«. Zwanzig Minuten später kommt »mein Hund« mit seinem Hundeführer, Kriminalobermeister Dieter Kreide. Wie sich später nach Ermittlung des Täters und Rekonstruktion seiner Flucht herausstellt, hatte »Ali« den Fluchtweg des Täters über ein Stoppelfeld exakt verfolgt. Ich bin immer wieder verblüfft über diese Hunde, die uns bei der Verbrechensaufklärung oft eine »Nasenlänge« voraus sind.

Wir haben unsere Arbeit vor Ort erledigt und fahren in die Inspektion zurück. Eine halbe Stunde später sitzen wir zu fünft in meinem Büro. Bärbel hat, ohne zu fragen, neuen Kaffee gekocht und auf die Frage, wo die Kekse seien, grinsend ihren Bauch gerieben. Bis auf

Wolfgang hat sich jeder eine Zigarette angezündet, und wir gehen alle Fälle noch einmal durch. Die Spezial-Ermittlungsrichtung »psychiatrische Einrichtungen« übernimmt Leutnant Wolfgang G. und der zugeordnete ABV Leutnant Kliem. »Fredi« G. übernimmt die Überprüfung der aktuellen Täterhinweise. Zum Observieren werden die zwei Kriminalistik-Studenten zu Fuß losgeschickt. »Charly« und ich fahren die in Frage kommenden Orte mit dem Pkw ab. Obwohl vieles gegen eine erfolgreiche Observation spricht, bin ich davon überzeugt, dass wir Erfolg haben werden. Wieder ist es mehr der Bauch als der Kopf, der mich zuversichtlich sein lässt. Doch leicht wird es auf keinen Fall, das ist mir klar. In den betroffenen Ortsteilen wechseln Kleingärten, kleine Betriebe und Einfamilienhäuser miteinander ab. Bäume, Hecken und Sträucher sind ideale Verstecke. Eine zusätzliche Schwierigkeit ergibt sich daraus, dass die Taten bei beginnender Dunkelheit begangen wurden. Außerdem habe ich mich mehr und mehr von der Vorstellung verabschiedet, dass der Täter im Umkreis der Tatorte wohne. Die S-Bahnhöfe der gefährdeten Ortsteile erscheinen mir plausibler. Nun muss ich nur noch meine Kollegen von meinen neuen Gedanken überzeugen. Ich bin überrascht, denn auch sie schließen einen sogenannten ortsfremden Täter nicht mehr aus. ABV Kliem und »Fredi« sprechen mit den auf den Bahnhöfen zuständigen Mitarbeitern der Deutschen Reichsbahn und verteilen Fahndungsblätter mit dem Phantombild des Täters. Jetzt heißt es mal wieder: abwarten.

Donnerstag, 3. Februar 1977, siebzehn Uhr,
Eifelstraße in Blankenburg

Etwa eine Stunde ist er nun schon auf »Suche«. Die Zeit
drängt. Seine Erregung steigt von Minute zu Minute.
Bisher hat er keine Gelegenheit gefunden, seinen Trieb
zu befriedigen. Vorhin, in einem kleinen Seitenweg,
hätte es fast geklappt. Aber plötzlich tauchten mehrere Jugendliche auf, die mit dem Mädchen zusammen
weggingen. Da sie alle Schlittschuhe dabeigehabt hatten, muss eine Eisbahn oder ein zugefrorener Teich in
der Nähe sein. *Da werden bestimmt noch mehr Kinder
unterwegs sein*, denkt er. Zwei Wege weiter kommt ihm
ein kleines blondes Mädchen, so wie er es mag, entgegen. Ein kurzer Blick genügt, und er sieht, das Kind ist
allein. Er bleibt stehen, das Mädchen geht an ihm vorbei. Wenige Sekunden später dreht er sich um, rennt
von hinten auf das Mädchen zu und springt ihr mit
hochgezogenem Knie in den Rücken. Das Mädchen
fällt sofort um und bleibt regungslos im Schnee liegen,
kein Laut kommt über seine Lippen. Er erschrickt und
hat Angst, das Mädchen womöglich getötet zu haben.
Doch dann bewegt es sich, dreht den Kopf zur Seite und
sieht ihn entsetzt an. Was er dann tut, entzieht sich jedem Verständnis eines normalen Menschen. Er packt
das Kind an Armen und Beinen und schleudert es wie
einen Kartoffelsack über den Gartenzaun. Anschließend springt er hinterher, packt das am Boden liegende Kind am Oberkörper, reißt es hoch und zerrt es in
eine Laube. Das Mädchen wehrt sich nicht und lässt al-

**117**

les über sich ergehen. Er zieht sein Glied aus der Hose und befiehlt dem Mädchen, es in die Hand zu nehmen. Doch die Achtjährige hockt verstört vor ihm auf den Knien, stöhnt vor Schmerzen und hat keine Kraft mehr, seinem Befehl nachzukommen. Auch Andreas W. sieht ein, dass er sein Ziel nicht erreichen werde. Wütend gibt er dem Kind noch einen Tritt und verschwindet.

Verängstigt hockt Simone noch ein paar Minuten auf dem dreckigen Boden, bevor sie sich langsam von dem Schrecken erholt. Dann humpelt sie zum Zaun des Grundstücks und schreit um Hilfe. Drei Kinder, die gerade auf dem Weg zum Eislaufen sind, rufen größere Kinder zu Hilfe, und zu viert helfen sie Simone über den Zaun. Anschließend rufen sie die Schnelle Medizinische Hilfe und die Polizei.

Wieder hat unser Unbekannter zugeschlagen. Im wahrsten Sinne des Wortes. Einen derartig heftigen und rücksichtslosen Angriff gegen ein Kind hatten weder meine Kollegen noch ich erlebt. Es ist klar: Der Täter hat sich in einer psychologischen Ausnahmesituation befunden, und wir alle sind froh, dass dem Mädchen nichts Schlimmeres passiert ist. Die Befragung des Opfers ergibt jedoch keine neuen Erkenntnisse. Wieder hat der Täter die gleiche Oberbekleidung getragen, was damals allerdings kein besonderes Merkmal bei den Jugendlichen ist. Neben der Personenbeschreibung und der Tatbegehung finden wir auf dem Grundstück noch eine Schuheindruckspur im Schnee. Sie gleicht der, die wir im Schuppen am Tatort Harzburger Straße gefunden hatten. Die habe ich in meinem Gedächtnis abgespeichert. Das ist deshalb so wichtig, weil bei Personenkontrollen sofort die Schuhe des Verdächtigen ein Ergebnis erzielen können. Vorausgesetzt der Täter trägt weiterhin diese Winterschuhe!

## Die Ereignisse überschlagen sich

Einen Tag später, es ist Freitag, der 4. Februar 1977, beschließen Günter und ich, die S-Bahnhöfe Pankow-Heinersdorf und Blankenburg zu observieren. Es ist gegen fünfzehn Uhr, als wir unseren Dienst-»Wartburg« zunächst in der Nähe der S-Bahnhofs Pankow-Heinersdorf abstellen und die umliegenden Straßen beobachten. Eine ältere Dame mit einem Netz voller Kartoffeln läuft vorbei, und ich bin erstaunt, wie flink und sicher sich die alte Dame auf dem verschneiten Gehweg bewegt. Ein knutschendes Pärchen lässt sich durch unsere Anwesenheit nicht stören. Als der Junge seine Hand unter die Jacke des Mädchens schieben will, schlägt es ihm auf die Finger. Ich stoße Günter in die Seite und zeige auf das Pärchen: »Mensch Günter, wie bei uns damals. Da hat sich nichts geändert. Ich erinnere mich noch genau daran, wie es bei mir war. Ich war vierzehn und schwer verliebt. Bei meinen Kumpels hieß sie ›Zickenzahn‹, weil sie etwas vorstehende Zähne hatte, so dass es beim Küssen klapperte. Aber für mich war sie das schönste Mädchen vom Prenzlauer Berg.« Günter lacht und fängt an, aus seiner Jugend zu erzählen. Er sei mit sechzehn in eine Mitschülerin verliebt gewesen. Sie

saß in der letzten Reihe und rief während der Russisch-
stunde seinen Namen. Abrupt hätte er sich umgedreht
und sich den Hals verrenkt ... Auf diese Weise kommen ein paar uralte Geschichten zum Vorschein. Zwischendurch immer wieder ein paar Schlucke »Erichs
Krönung« aus der Thermoskanne. So vergeht die Zeit,
ohne dass es langweilig wird. Nachdem Günter und ich
unsere Pubertätserlebnisse ausgetauscht haben, schweigen wir eine Weile.

Obwohl auf den Straßen alles ruhig ist, habe ich das
Gefühl, wir seien dem Täter dicht auf den Fersen. Denn
eines ist klar: Die gestrige Tat muss sehr unbefriedigend
für ihn gewesen sein, und so ist es nur eine Frage der
Zeit, bis er sich ein neues Opfer sucht. Triebtäter können ihre Bedürfnisse meist nicht steuern und haben
sich selten unter Kontrolle.

Gegen siebzehn Uhr werden wir über Funk von der
Inspektion zum S-Bahnhof Blankenburg geschickt.
Eine Streife der Transportpolizei (TRAPO) hat mehrere Personenkontrollen durchgeführt und einen Täter-
hinweis für uns. Die Transportpolizei ist in der DDR
ein Dienstzweig der Deutschen Volkspolizei und für
die öffentliche Ordnung und Sicherheit auf dem Gelände der Deutschen Reichsbahn (DR) verantwortlich.
Wie die Schutzpolizei sind auch die Angehörigen der
TRAPO zumeist im Streifendienst tätig. Sie kontrollie-
ren Bahnanlagen, Streckenabschnitte, Bahnhöfe und
dergleichen. Innerhalb der TRAPO gibt es auch den
Bereich Kriminalpolizei.

*S-Bahnhof Blankenburg - 2011*

S-Bahnhof Blankenburg, 2011: Der Ort, an dem die TRAPO auf der Suche nach dem Täter am 4. Februar 1977 gezielte Personenkontrollen durchführte

Wir entschließen uns, obwohl solche »Eilmeldungen« erfahrungsgemäß meist im Sande verlaufen, unsere Beobachtungsposten am S-Bahnhof Pankow-Heinersdorf zu verlassen und zum S-Bahnhof Blankenburg zu fahren. Während der Fahrt kommt über Funk die Meldung, sofort den Leiter der Kriminalpolizei anzurufen. Das bedeutet, wir müssen zunächst zum Polizeirevier 284 nach Buchholz fahren, um zu telefonieren. Begeistert über den Umweg sind wir nicht. Im Revier in Buchholz erhalte ich den Auftrag, *sofort* eine Person im Bereich Pankow, Maximilianstraße, zu überprüfen. Es ist der Hinweis eines höheren Polizeioffiziers! Major

Schneider will umgehend das Ergebnis der Überprüfung erfahren. Also fahren wir in die Maximilianstraße. Zuvor frage ich noch bei der TRAPO am Bahnhof Blankenburg nach. Der Transportpolizist meint, er habe zwar keinen konkreten Hinweis, aber einer der vorhin kontrollierten jungen Männer entspreche der Personenbeschreibung unseres Brennpunkttäters. Er habe für alle kontrollierten Männer Personenkontrollkarten angefertigt und wird sie mir per Dienstpost zusenden.

In der Maximilianstraße 10 klingeln wir an der Wohnungstür des angeblich interessanten Hinweises. Als sich die Tür öffnet, stehen wir einem etwa zwanzigjährigen Mann mit Downsyndrom gegenüber, der uns erklärt, »Mutti und Vati« seien nicht zu Hause. Günter und ich blicken uns an, und jeder denkt in diesem Moment das Gleiche: *Das kann nicht unser Brennpunkttäter sein!* Wir haben uns als Vertreter der örtlichen Gaswerke vorgestellt und uns vorsichtshalber auch noch seinen Ausweis zeigen lassen. Wir wollen sichergehen, dass dieser junge Mann die verdächtige Person sein soll.

»Mensch Berndt, das war vielleicht ein Scheißhinweis. Wie kann man uns nur diese Person als Täter anbieten!? Die Krankheit des Mannes ist doch klar zu erkennen«, mault Günter im Auto.

»Ja, da hast du recht. Da war mal wieder jemand mit seinen Informationen recht voreilig und hat nicht nachgedacht. Bin gespannt, was der K-Leiter dazu sagt. Schau mal auf die Uhr, wir machen Schluss für heute und sehen uns am Montag wieder. Es sei denn, der K-Leiter hat einen Tipp für uns.«

»Ja, so einen wie diesen, was!?«

»Alles klar, ›Charly‹, nicht jeder Polizist hat unsere Ausbildung. Bis Montag.«

Ich setze »Charly« an der Inspektion ab, fahre den Dienstwagen in die Garage und gehe zum Leiter der Kriminalpolizei. Er sitzt an seinem Schreibtisch und hat Berge voller Akten vor sich liegen. Besonders glücklich sieht mein Chef nicht gerade aus. Und das, was ich ihm mitteile, heitert ihn auch nicht auf. Dem Hinweisgeber hat er wohl mehr polizeiliches und menschliches Verständnis zugetraut. Aber wer der Hinweisgeber war, hat er mir nie verraten.


## Montag, 7. Februar 1977, 8.30 Uhr, Inspektion Pankow

Trotz Kälte, Wind und Dunkelheit gehe ich den Weg in die Inspektion zu Fuß. Ich will etwas für meine Gesundheit und für meine Kondition tun. Seit Wochen bin ich nämlich nicht mehr zum Fußballtraining gekommen. Endlich im Büro, bin ich froh, in die warme Stube zu kommen. Nachdem ich die Aufgaben an meine restlichen Mitarbeiter verteilt habe, trifft sich die Brennpunktgruppe »Kutte« in meinem Dienstzimmer, um die heutigen Arbeitsschritte zu besprechen.

Aufgeregt kommt unsere Schreibkraft Bärbel durch die Tür: »Beim flüchtigen Durchsehen der eingegangenen Fernschreiben habe ich gelesen, dass die Bernauer am Wochenende einen Sexualtäter festgenommen haben. Vielleicht ist das für euch interessant?«

»Na klar, Bärbel.«

»Gut, ich bringe euch auch gleich noch eine Kanne frischen Kaffee mit.«

Während wir noch eifrig über die nächsten Schritte diskutieren, kommt Bärbel mit Fernschreiben und Kaffeekanne zurück. Ich schnappe mir das Fernschreiben und lese den Inhalt laut vor. »Hinweis für den Brennpunkt ›Kutte‹«, heißt die Überschrift. Die Bernauer Kriminalpolizei hat am Sonntag, den 6. Februar 1977, einen Sexualtäter festgenommen, der am Abend zuvor in der Nähe des S-Bahnhofs Zepernick eine Frau, in der Absicht sie zu vergewaltigen, überfallen hatte. Der Täter ist siebzehn Jahre alt, nicht vorbestraft und wohnhaft in Bernau.

»Na, Kollegen, dann wollen wir mal sehen, ob die Sache für uns interessant ist. Ich werde mit dem Kommissariatsleiter Brendel telefonieren. Ich kenne ihn noch von früher her. Wir waren vor sechs Jahren im gleichen Lehrgang für Kriminalassistenten in Potsdam und haben einen guten Draht.«

Bevor ich zum Telefon greifen kann, macht mich Wolfgang auf eine interessante Tatsache aufmerksam: »Berndt, bitte lies doch noch mal den Namen des Festgenommenen aus Bernau vor«.

»Andreas W., siebzehn Jahre alt und wohnt in Bernau, An der Stadtmauer 22. Warum fragst du?«

»Bei den vier Personenbewegungskarten vom vergangenen Freitag, die uns die TRAPO geschickt hat, ist auch ein Andreas W. aus Bernau dabei. Soll das ein Zufall sein?«

Ich atme tief ein und aus. »Waaas? Das ist ja der Hammer! Du hast recht, das kann kein Zufall sein. Das ist unser Mann! Ich werde sofort mit Bernau telefonieren.«

Alle schauen mich neugierig an. Ich setze mich sofort ans Telefon und rufe Oberleutnant Brendel an.

»Hallo Wolfgang, Berndt hier. Wie geht es dir, alles in Ordnung? Danke für deine Info zum Täter Andreas W. Kannst du mir mehr über ihn sagen? Wie weit seid ihr mit ihm? Hat er gestanden?«

»Mensch Berndt, schön von dir zu hören. Bis auf den Umstand, dass die ›BSG Einheit Bernau‹ gestern verloren hat, geht es mir gut. Mit dem Andreas ist alles gut gelaufen. Durch einen Hinweis konnten wir ihn schnell ermitteln. Aber ich glaube nicht, dass er für euch interessant ist. Er wirkt ein bisschen blöd, und es ist nicht einfach, ihn zu vernehmen. Auch sein Tatverhalten war mehr als komisch. Stell dir vor, der fällt aus einem Gebüsch heraus über das Opfer her und bedroht es. Die Frau schreit nicht und erklärt ihm in ihrer Todesangst, er könne alles mit ihr machen. Hör zu, Berndt, und jetzt kommt das Allerschärfste: Vor lauter Angst zieht sie Rock, Bluse und Büstenhalter aus. Als sie den Slip runterzieht, rennt der Typ weg. Was sagst du dazu? Entweder ist der ein Anfänger oder leicht bekloppt. Wir werden sehen.«

Jetzt werde ich vorsichtig. Mir wird klar, dass meine Bernauer Kollegen eventuell nicht erkennen, welchen »Fisch« sie da an der Angel haben. »Gut, Wolfgang, alles klar. Euer Täter scheint ja wirklich ein komischer Vogel zu sein. Trotzdem würde ich ihn gern einmal selbst unter die Lupe nehmen. Was hältst du davon?«

»Na klar. Komm vorbei. Bernau ist ja nicht Moskau.«

»Gut. Ich habe gerade etwas Leerlauf und könnte in einer Stunde bei dir sein. Geht das in Ordnung?«

»Ja, freue mich. Kaffee steht auch bereit, oder kann es auch etwas anderes sein!? Vielleicht Nordhäuser Doppelkorn?«

»Klar, am besten beides, aber im Rahmen. Bis bald, Wolfgang.«

Wir haben an diesem Montag wieder routinemäßig eine verdeckte Gegenüberstellung mit drei Mädchen im Polizeirevier 281 vorbereitet. Ich denke mir, es wäre eine gute Gelegenheit, Andreas W. gemeinsam mit den drei vorbestraften Männern aus Pankow den Opfern und der Zeugin gegenüberzustellen. Vorausgesetzt die Bernauer Kollegen sind einverstanden. Inzwischen bin ich fest davon überzeugt, unser Brennpunkttäter sitzt in Bernau im Gewahrsam.

Ich entschließe mich, nur mit »Charly« nach Bernau zu fahren. Ein größeres Aufgebot würde meine Kollegen nur stutzig machen. Obwohl wir alle das gleiche Interesse haben, gibt es auch hin und wieder Konkurrenz unter den Kommissariaten. Und die Ermittlung eines Brennpunkttäters, egal aus welcher Stadt, ist immer ein großer Erfolg.


Volkspolizeikreisamt Bernau, elf Uhr


»Hallo Berndt, willkommen im alten Bernau. Kaffee?«
Oberleutnant Brendel begrüßt mich mit seinem berüch-

tigten Händedruck. Eine Mischung aus Schraubstock und Lkw-Zugmaschine. Ich stelle ihm »Charly« vor, und wir setzen uns an den schon in die Jahre gekommenen Tisch seines Büros. Brendels Sekretärin bringt Kaffee, wir rauchen eine Runde CLUB und quatschen nach dem Motto »Weißt du noch?« über alte Zeiten. Als wir auf Andreas W. zu sprechen kommen, runzelt Brendel die Stirn. »Wisst ihr, er ist noch nie aufgefallen. Er ist ein völlig unbeschriebenes Blatt. Aber er ist ein total komischer Typ. Keiner von uns kann einschätzen, was in dem Jungen vorgeht. War es vielleicht ein pubertierender Gewaltausbruch, oder steckt eine seelische Störung dahinter? Wir werden sehen. Auf jeden Fall lassen wir ihn nicht aus unseren Krallen.« Genau das ist die Situation, die jetzt zu meistern ist. Die Bernauer wollen ihn für sich haben; wir haben vor, ihn mitzunehmen.

»Gut gesagt, Wolfgang. Ich würde ihn mir gern mal persönlich ansehen. Wo ist er jetzt?«

»Zur erkennungsdienstlichen Registrierung in der Kriminaltechnik.«

»Kann ich zu ihm?«

»Na klar, ich kündige euch schon mal an.«

Es hat wieder angefangen, zu schneien, und die wenigen Meter über den Hof des Kreisamts in die Kriminaltechnik erscheinen mir wie ein Gang durch einen arktischen Schneesturm. Umso erfreuter sind wir, dass der Raum der Kriminaltechnik gut geheizt ist. Hinter dem Kriminaltechniker, dessen Namen ich vergessen habe, hängt die Kopie eines Ölgemäldes an der Wand. Es zeigt den Einzug der Bernauer Bürger nach der gewonnenen Schlacht gegen die Hussiten am 23. April 1432. Aus irgendeinem Grund, an den ich mich ebenfalls nicht erinnere, ist mir das Bild bis heute im Gedächtnis geblieben.

Der Kollege von der Technik begrüßt uns sinngemäß mit den Worten, die er aber an Andreas W. richtet: »Das sind die Berliner Kollegen, jetzt kannst du dich aber putzen.« Sicherlich soll das eine Drohung sein, und ich kann erkennen, dass sie bei Andreas W. Wirkung zeigt. Er wird unruhig und sieht uns nicht an. Er sitzt auf einem Stuhl und starrt auf den Fußboden. Ich gehe zu ihm und begrüße ihn. Das Erste, was mir auffällt, sind seine halbhohen Winterstiefel, und ich fordere ihn auf, seine Füße anzuheben. *Peng! Volltreffer!* Das Sohlenprofil passt exakt zu den Abdrücken, die wir an mehreren Tatorten gesichert hatten. Auch seine Jacke ist genau das, was die Zeugen und Opfer als »Kutte« beschrieben hatten. »Charly« und ich schauen uns an: *Das ist unser Täter!*

Ohne noch einmal mit Andreas W. zu reden, drehe ich mich um und gehe zu Oberleutnant Brendel zurück. Ich bitte ihn, »seinen« Beschuldigten für eine Gegenüberstellung mit nach Pankow nehmen zu dürfen. Brendel ist einverstanden, verlangt aber, den Beschuldigten nach erfolgter Überprüfung nach Bernau zurückzubringen. Eigentlich ist das klar; aber ich weiß natürlich auch, dass die Bernauer Andreas W. nicht mehr wiedersehen würden.

»Charly« und ich legen dem Jungen Handschellen an, die wir ihm laut Dienstvorschrift im Auto aber wieder abnehmen müssen. Es hat in der Vergangenheit mehrmals Unfälle mit schweren Folgen für die gefesselten Personen gegeben. Man muss aber unbedingt die Platzanordnung im Pkw beachten. Auf keinen Fall darf der Festgenommene hinter den Fahrer gesetzt werden, Grund dafür ist, einen eventuell überraschenden Angriff auf den Fahrer abzuwehren.

## Inspektion Pankow

In Pankow angekommen, klicken die Handschellen erneut.

Das Vernehmungszimmer ist alles andere als gemütlich. Holztisch mit abgeschabten Kanten, zwei Stühle vor und hinter dem Tisch, zwei weitere in jeweils einer Ecke. Die letzte Renovierung muss zu Zeiten des Dreißigjährigen Krieges erfolgt sein. Günter setzt sich auf den Stuhl in der linken Ecke, ich setze mich Andreas W. gegenüber.

Zunächst frage ich ihn nach dem Verhältnis zu seinen Eltern, zur Berufsausbildung, seinen Hobbys und ob er eine Freundin hätte. Er bleibt zurückhaltend und antwortet nur kurz und knapp. Ich bin allerdings davon überzeugt, dass er genau weiß, warum er hier ist. Sehr ergiebig ist die erste Vernehmung nun wirklich nicht. Aber auch das ist nicht ungewöhnlich. So lange ein Beschuldigter noch die Hoffnung hat, als freier Mann wieder rauszugehen, ist Schweigen die beste Strategie.

Inzwischen ist es vierzehn Uhr, und Wolfgang und

ein Kriminalistik-Student bringen Andreas W. zum Polizeirevier 281 neben dem Kino *TIVOLI*. Ich bleibe in der Inspektion und bereite mich auf die zweite Vernehmung von ihm vor. Während ich auf das Ergebnis der Gegenüberstellung warte, packe ich die Käsestullen mit Schnittlauch aus, die Gabi mir in die Brotbüchse getan hat, und warte gespannt auf den Anruf meiner Kollegen. Kaum klingelt das Telefon, habe ich den Hörer auch schon in der Hand. »Volltreffer! Stell schon mal das Bier kalt«, sagt Wolfgang.

Alle drei Mädchen haben Andreas W. als Täter identifiziert. Die erwachsene Zeugin, die ihn im Halbdunkel hat weglaufen sehen, war sich nicht sicher. Bei der Gegenüberstellung gab es allerdings noch einen kleinen Zwischenfall. Obwohl klar war, dass sie vom Täter nicht gesehen werden könnte, schrie die neunjährige Beate vom Tatort Karow mehrmals laut auf, so dass meine Kollegen sie beruhigen mussten.

## Siebzehn Uhr

Nach der erfolgreichen Gegenüberstellung gehen wir optimistisch in die zweite Vernehmung. Da Günter und ich ein gut eingespieltes Team sind, machen wir weiter, wo wir vor drei Stunden aufgehört hatten. Wir wissen immer genau, warum der andere gerade jetzt diese oder jene Frage stellt oder ein bestimmtes Problem anspricht. Jeder weiß, wann es besser ist, zu schweigen, und wann er eingreifen soll. Auch unsere Körpersprache und die verdeckte oder offene Zeichengebung klappen vorzüglich. Ich habe später in meiner weiteren kriminalistischen Laufbahn nur selten so erfolgreich mit einem Kollegen Vernehmungen durchführen können.

So, da sitzt er nun, unser mutmaßlicher Täter. Polizeiunerfahren und ängstlich. Das nutzen wir natürlich für unsere Zwecke aus und nehmen ihn von Anfang an hart ran. Doch merken wir schnell, dass er nicht gewillt ist, die Straftaten zu gestehen. Richtig »festnageln« können wir ihn mit den vorliegenden Beweisen zunächst nicht. Dazu gehören die Schuhspuren und das Ergebnis der Gegenüberstellung. Aber für die Tatsache, dass er sich am Freitag, den 4. Februar 1977, am S-Bahnhof Blankenburg aufgehalten hat, kann er uns keine plausible Erklärung liefern.

»Was wollten Sie da?«

»Wo wollten Sie hin?«

»Was hatten Sie vor?«

Abwechselnd schießen wir die Fragen auf ihn ab. Er soll nicht nachdenken können und schon gar nicht zur Ruhe kommen. Wir hoffen, ihn auf diese Tour weichzuklopfen.

Er gibt ständig verschiedene Antworten und verwickelt sich mehr und mehr in Widersprüche. Genau, wie wir es erhofft haben. Als er mit den Füßen anfängt, über den Boden zu scharren, schauen Günter und ich uns an. Er nickt. Ich lächele.

Nach etwa einer Stunde gibt er seinen Widerstand auf. Seine Intelligenz ist zwar nicht sehr ausgeprägt, doch er ist nicht blöd. Er weiß sehr wohl, was auf dem

Spiel steht und dass wir noch keine schriftliche Aussage haben. Günter konfrontiert ihn daher mit den Worten: »Mensch Andreas, deine bisherigen Lügen, deine Halbwahrheiten und dein stures Verhalten fallen nur ungünstig auf dich zurück. Deshalb haben wir bisher noch nichts aufgeschrieben.«

Dann beginnt er, zu erzählen. Zunächst mit den harmlosen Handlungen. Wie beispielsweise Kontaktaufnahmen mit den Mädchen, die seinen Vorstellungen entsprechen, ohne uns allerdings sexuelle Handlungen zu schildern. Dann macht er plötzlich einen örtlichen Sprung und schildert einen Annäherungsversuch in Bernau im Sommer 1976. Wir werden hellhörig; davon war uns bisher noch nichts bekannt. Wir lassen ihn reden und erfahren von drei weiteren uns bisher nicht bekannten Sexualstraftaten in Bernau. Alle drei Opfer sind Mädchen zwischen acht und zwölf Jahren. Als Andreas W. erneut anfängt, zu schweigen, verlasse ich das Zimmer.

Ich muss Wolfgang in Bernau verständigen, und ganz wohl ist mir bei dem Gedanken nicht. Nach mehreren Versuchen erreiche ich ihn telefonisch in seiner Wohnung. Er hat schon geahnt, dass wir mit dem Verdächtigen einen »Volltreffer« gelandet haben, und seine Stimme klingt sehr reserviert. »Hast mich ja ganz schön ausgetrickst. Jetzt willst du den Ermittlungserfolg allein ernten, oder?«

Das sind genau die Worte, die ich befürchtet hatte. »Nein, will ich nicht. Ja, ich gebe zu, ganz sauber war meine Aktion bei euch nicht. Aber du kennst mich doch, voreilige Erfolgsmeldungen sind nicht mein Ding. Ich mache dir einen Vorschlag.«

»Na, da bin ich aber gespannt.«

»Der Junge hat uns gegenüber noch weitere sexuelle Handlungen an Kindern in Bernau zugegeben und auch im Detail geschildert ...« Weiter komme ich nicht, weil mein Bernauer Kollege mich unterbricht.

»Was sagst du? Das gibt's doch nicht. Haben meine Leute denn gepennt?«

»Hör zu, Wolfgang. Ich schlage vor, dass du ab morgen einen Kriminalisten zu mir nach Pankow abkommandierst und wir die Sache gemeinsam weiterbearbeiten. Schließlich habt ihr uns ja den heißen Tipp gegeben. Was sagst du dazu?«

Nach einer kurzen Pause klingt Wolfgangs Stimme schon versöhnlicher. »Na, hört sich ganz gut an. Ich bin einverstanden und kläre das morgen. Vergiss aber nicht, in der Aufklärungsmeldung das Volkspolizeikreisamt Bernau zu erwähnen!«

»Mach ich, Wolfgang. Gute Nacht!«

So, das unangenehme Gespräch ist also abgehakt. Meine nicht ganz feine Art hat mir schwer im Magen gelegen. Denn bei allem Ehrgeiz lege ich viel Wert auf ein kameradschaftliches Verhalten zu meinen Kollegen.

»Charly« hat Andreas inzwischen weiter in die Mangel genommen und zunächst die Bernauer Straftaten schriftlich fixiert. Es gibt zwar Vernehmungstechniken, die jeder Kriminalist auf der Schule lernt, aber sie ersetzen nicht das Fingerspitzengefühl, das ein guter Kriminalist im Laufe der Zeit entwickelt. Mit den Worten: »Der Typ braucht eine Pause zum Nachdenken«, schlägt mir »Charly« vor, die Vernehmung für heute zu beenden. Ich stimme zu.

Dann liefern wir Andreas im Polizeigewahrsam Pankow ab. Danach laufe ich nach Hause, ziehe meine warmen Hausschuhe an und packe mich aufs Sofa. Den Anfang des Fernseh-Krimis bekomme ich noch mit, dann schlafe ich ein.

## Dienstag, 8. Februar 1977

Am nächsten Morgen setzen wir die Vernehmung fort. Unser Junge sieht nicht besonders frisch aus, hat wohl eine unbequeme Nacht hinter sich. Wir lassen ihn erst gar nicht zur Ruhe kommen und beginnen sofort, auf unsere Brennpunktdelikte einzugehen. Wie auch gestern schon, zieht er sich innerlich zurück und tut so, als würde ihn das alles nichts angehen. Doch seine unruhig durchs Zimmer wandernden Blicke sagen mir was anderes. Ich spüre die Unruhe auch an seinem schnellen Atem, immer wieder unterbrochen von heftigem Schnaufen. Andreas W. kämpft mit sich selbst. Schließlich geht es nun darum, die Taten im Detail zu schildern, und das macht ihm offenbar Angst. Insbesondere die Handlung gegenüber der achtjährigen Simone in der Kleingartenanlage in Blankenburg macht ihm zu schaffen. Ich weiß inzwischen, dass auch der Rechtsmediziner das brutale Vorgehen bei der Tat als lebensgefährlich beurteilt hat. Kein Wunder also, dass er sich besonders bei dieser Straftat so verstockt zeigt und sein Vorgehen verniedlicht. Er habe das Mädchen nicht von hinten in den Rücken getreten, wiederholt er mehrmals. »Ich habe sie ganz normal angesprochen und ihr dann über den Zaun geholfen.« An diesem Punkt seiner Aussage muss ich alle Emotionen unterdrücken und mich auf meine Professionalität besinnen. Ich will nicht aufschreiben, was ich in diesem Moment gedacht habe. So viel Kaltschnäuzigkeit war mir selten untergekommen.

»Ich werde dir mal demonstrieren, wie du vorgegangen bist.« Bei diesen Worten stehe ich auf und nehme eine bedrohliche Körperhaltung ein und erziele auch sofort die beabsichtigte Wirkung. Andreas springt von seinem Stuhl auf und will aus dem Vernehmungszimmer rennen. Ein Bein von mir hält ihn auf. Trotz aller Emotionen – so hätte ich mich nicht verhalten dürfen! Diese kurze Episode hat dann auch noch ein Nachspiel für mich. Denn ein paar Wochen später erzählt er einem Kollegen von dem Vorfall und erklärt, er werde Anzeige gegen mich erstatten.

Nachdem wir uns nun alle wieder beruhigt haben, schildert Andreas ohne Probleme, aber mit leiser Stimme, den Ablauf der Handlung. Er ist an dem Punkt angelangt, an dem viele Täter es als Erleichterung empfinden, sich alles von der Seele reden zu können. Neben seinen ausführlichen Schilderungen der einzelnen Überfälle ist er auch bereit, uns an die Stellen zu führen, an denen er den Mädchen aufgelauert hatte. Die nächsten beiden Tage fahren wir von Tatort zu Tatort und rekonstruieren jede seiner Taten.

Der Schuppen, in dem der Täter die zehnjährige Maike missbrauchte

Das noch nicht fertiggestellte Einfamilienhaus in der Kerkowstraße, in dem der Täter die neunjährige Beate missbrauchte

## Bilanz und Schlussbemerkung

Nach vierwöchiger Arbeit zogen wir folgende Bilanz:

- Alle vier im Brennpunkt erfassten Straftaten sind aufgeklärt.
- Bei einer Tat aus dem Dezember 1976 hat das Mädchen rätselhafterweise Andreas W. bei der Gegenüberstellung nicht identifiziert. Der Täter hat uns die Tat allerdings in allen Einzelheiten geschildert und auch den Tatort gezeigt.
- Zwei vollendete Sexualhandlungen an Mädchen in Heinersdorf und Buch, bei denen keine Anzeigen vorliegen.
- Fünf Annäherungsversuche ohne Vollendung in Pankow.
- Drei Sexualstraftaten an Kindern im Bereich Bernau aus dem Jahr 1976.

Wir waren mit dem Ergebnis zufrieden und übergaben das Verfahren dem Kommissariat VII (Bearbeitung von strafbaren Handlungen von Kindern und Jugendlichen) der Inspektion Berlin-Pankow zur abschließenden Bearbeitung bis zum Gerichtsverfahren. Für den nächsten Abend lud ich meine Kollegen zu einem Feierabendbier in unsere Eckkneipe ein. Auch Wolfgang aus Bernau war dabei. Schließlich ist die Klärung eines Falles nie das Ergebnis eines Einzelnen. Worauf es ankommt, ist eine gute Teamarbeit. So wie auf dem Fußballplatz: Der Torschütze würde nicht treffen, wenn ihm die anderen mit ihrem Können nicht zur Seite stehen würden.

Ich möchte noch erwähnen, dass auf meinen Vorschlag hin der Transportpolizist, der Andreas W. am S-Bahnhof Blankenburg kontrolliert hatte, von seinem Chef mit einer Geldprämie ausgezeichnet wurde.

Drei Monate später begann die Gerichtsverhandlung am Stadtbezirksgericht Berlin-Pankow. Auch ich war vorgeladen. Da ich die Vorwürfe von Andreas W. nicht vergessen hatte, war mir auch der Grund klar. Der Jugendrichter forderte den Angeklagten auf, seine Vorwürfe in meinem Beisein zu wiederholen. Doch zur Überraschung erklärte er vor Gericht, er hätte sich das alles nur ausgedacht, weil er wütend auf mich gewesen wäre. Damit war für mich die Verhandlung beendet.

Das Urteil für Andreas W.: vier Jahre Jugendhaft und anschließend eine jugendpsychiatrische Behandlung.

# Die Spur der Steine

Donnerstag, 2. Oktober 1986

Es war eine stürmische Herbstnacht. Wie geschaffen für dunkle Gestalten, die auf fremdes Eigentum aus waren. Als Armin N. in der Chaussee-/Ecke Habersaathstraße auf die Uhr schaute, war es vor Mitternacht. Noch knappe zehn Minuten, dann wäre er am Naturkundemuseum und spätestens eine Stunde später stolzer Besitzer wertvoller Mineralien. Mehrmals hatte er die Geologische Sammlung besucht und sich jede Einzelheit eingeprägt. Einmal hatte er sogar seine achtjährige Tochter mitgenommen, die allerdings über die »doofen Steine« nur den Kopf geschüttelt hatte. Besonders die Sammlung von Alexander von Humboldt hatte es ihm angetan. Stunden hatte er vor den gläsernen Truhen seiner Fundstücke verbracht und davon geträumt, ein paar dieser Kostbarkeiten selbst zu besitzen. Nun stand er kurz vor seinem Ziel. Er hatte alles genau geplant. Es konnte und durfte nichts schiefgehen.

Freitag, 3. Oktober 1986, Pankow

Ich hatte schlecht geschlafen. Irgendein Alb hatte mich in der Nacht besucht. Doch so sehr ich mich auch bemühte, mein Traum hatte sich in Luft aufgelöst und nur ein ungutes Gefühl hinterlassen. Aber ich wollte mir den Tag nicht verderben lassen. Ich hatte frei. Den Weg zum Bäcker nutzte ich, um meinen Kopf wieder klar zu bekommen. Frau Reinders, die Bäckerfrau, stand an der Ladentür und winkte mir schon von weitem zu. »Na, Marmulla, allet jut? Ick hab dir schon zwee extra dunkle Schrippen zur Seite jepackt.«

Lotte Reinders und ich kannten uns schon von der Schulzeit her, und ich kann mich nicht daran erinnern, dass sie jemals »Herr Marmulla« zu mir gesagt hätte. Früher war ich für sie der »Bernie« gewesen, heute eben der Marmulla. Wir plauderten noch ein wenig, und ich erfuhr den neuesten Klatsch aus der Umgebung. »Die Meiersche hat wat mit Ejon. Du weest doch, dit is der mit dem blaugestrichenen Fahrrad. Menschenskind, dit Trudchen tut mir urst leid. Na ja, noch wees se ja nischt von de Fremdjeherei. Ihr Kerle seid doch alle gleich.«

Ich schwieg. Denn Lotte zu widersprechen, hat keinen Sinn. Sie hat einen besonderen Bezug zur Wahrheit, auch wenn sie nur aus Klatsch und Tratscherei besteht. Aber sie ist ein guter Typ. Ich schnappte mir die Tüte mit den Schrippen und lief nach Hause. Inzwischen hatte es wie verrückt begonnen, zu regnen. Es war, als würden Engel ein Wettpinkeln veranstalten.

Schon im Treppenhaus roch ich den frischen Kaffee; ich zog die nasse Jacke aus und setzte mich an den gedeckten Frühstückstisch. Ich hatte noch nicht einmal die erste Schrippe geschmiert, als das Telefon klingelte. »Geh du ran«, sagte ich zu Gabi. »Und wenn es meine ›Firma‹ ist, sag, ich wäre auf den Seychellen.«

Eine Stunde später war der Traum von den Seychellen geplatzt. Stattdessen hieß es: Einbruch ins Naturkunde-museum. Mein Stellvertreter im Dezernat X war krank geworden, und ich musste persönlich ran.

Was ich da zu sehen bekam, flößte mir jede Menge Respekt ein. Der oder die Einbrecher hatten sich of-fensichtlich durch ein Oberlichtfenster aus fünf Meter Höhe in den Ausstellungsraum abgeseilt. Das heißt, sie müssen an der Außenmauer hochgeklettert sein. Wie auch immer. Eine beachtliche sportliche Leistung. Axel B. von der Kriminaltechnik kam kurz nach mir und grinste: »Eine olympiareife Leistung, Berndt. Das kann nicht jeder.« Und Axel B. musste es wissen, denn jede freie Minute kletterte er durch die Berge.

Ansonsten trudelten noch Oberleutnant Milan J., Oberleutnant Holger N. und Leutnant Jürgen L. ein und sorgten dafür, dass die aufgeregten Museumsmitarbei-ter nicht alles durcheinanderbrachten. »Mein Gott, das ist ja furchtbar«, rief eine ältere Dame aus dem Sekreta-riat. »Wenn das der Humboldt wüsste ...«

*Na gut*, dachte ich, *Humboldt ist tot*. Da ich aber eben-falls ein großer Fan des Weltenbummlers bin, gab ich ihr im Stillen jedoch recht. Wie der Zufall es gewollt hatte, war ich selbst vor ein paar Wochen hier gewe-sen und habe mich gebildet. Allerdings waren es we-niger die Steine, die mich interessiert hatten, sondern mehr der Riesensaurier. Ich hatte mir sogar seinen la-teinischen Namen gemerkt: *Brachiosaurus brancai*. Mit 13,27 Meter Höhe ist er das größte Dinosaurierskelett der Welt und steht sogar im Guinness Buch der Rekorde. Er lebte vor 150 Millionen Jahren und war Vegetarier, was mich sehr verwunderte. Sein Skelett hatten Forscher während der Tendaguru-Expedition gefunden und später zusammengesetzt. Den Namen *Brachiosaurus* (»Armechse«) haben ihm die Wissenschaftler aufgrund seiner langen Arme gegeben.

»Du, Berndt, schau doch mal. Was hältst du davon?« Axel hielt mir ein Stück abgerissenen dicken Faden entgegen. »Sieht aus, als wäre es ein Teil eines Seils. Ich schau nach, ob ich noch mehr finde. Wahrscheinlich haben sich die Täter abgeseilt.«

Ich warf einen kurzen Blick auf das Fundstück und nickte.

Das Einstiegsfenster – mit nachgestelltem Gitter –, über das sich der Täter per Abseilen Zugang ins Naturkundemuseum verschaffte

Ein weiterer Ausstellungsraum, in dem Teile der wertvollen Mineraliensammlung des Museums präsentiert wurden

Gemeinsam mit dem Museumsdirektor, den der Wachmann aus dem Bett geholt hatte, gingen Leutnant Jürgen L. und ich die Schaukästen durch, um die entwendeten Teile zu notieren. Mir schwirrte der Kopf von all den lateinischen Namen. *Uranoplit, Tobernit, Pechuran* und was weiß ich noch alles. Ich sagte dem Direktor, er solle ohne uns weitermachen und uns im Laufe des Tages eine Liste schicken. Er nickte, und ich nahm mir die beiden Wachmänner vor. Keiner von ihnen hatte etwas gesehen oder gehört. Sie wirkten ziemlich bedeppert und hatten wohl ein schlechtes Gewissen. Wahrscheinlich hatten sie geschlafen oder Karten gespielt. Nach zwei Stunden machte ich Schluss und fuhr ins Präsidium.

In meinem Büro duftete es nach Kaffee. Unsere Büro-fee Helga hatte wieder gut für uns gesorgt. Sogar zwei Schüsseln mit Keksen standen auf dem Tisch. Ich brauchte allerdings erst einmal etwas Handfestes. Mein Magen knurrte, schließlich hatte ich noch nicht einmal gefrühstückt.

In der Kantine traf ich Frau Dr. Salomon, die Schrift-sachverständige des Präsidiums, die uns schon oft ge-holfen hatte. Wie damals im Brennpunktfall »Suche«, als ein Kinderschänder kleine Mädchen auf der Straße ansprach und nach einer Straße fragte. Einmal hatte er den Straßennamen »Teutoburger Platz« auf einen Zet-tel geschrieben, und Dr. Salomon hatte in mühseliger Kleinarbeit den Täter anhand von Personalbögen der Deutschen Reichsbahn identifiziert. Sie winkte mir zu, und ich setzte mich mit meinem Kräuterrührei zu ihr an den Tisch. »Na, Berndt, keinen Kaffee?«, fragte sie.

»Nee, nee, im Büro wartet eine ganze Kanne auf mich.«

Ich erzählte ihr vom Einbruch ins Naturkundemuse-um, und sie meinte: »Falls der Täter wieder einen Zettel hinterlassen hat, kannst du dich gern bei mir melden.«

Eine halbe Stunde später saß ich mit drei meiner Leute am Konferenztisch, an dem wir sonst zu sechst oder acht hockten. Doch die Grippewelle hatte meine Mannschaft heftig reduziert. Der Fall »Naturkunde« gehörte ohne Zweifel in unser Aufgabenbereich. Das Dezernat X war auch für die Untersuchung von Straf-taten auf das Kunst- und Kulturgut der DDR zustän-dig. Die Kaffeekanne machte die Runde, und die Kekse waren bald alle. Wir fassten zusammen: ein sportlicher

Täter, wahrscheinlich nicht älter als vierzig. Mutig, risikobereit, vielleicht ein Hobbysammler. Auf jeden Fall jemand mit Kenntnissen auf dem Gebiet der Geologie und Mineralogie. Das Oberlichtfenster hatte er mit einem Glasschneider geöffnet. Keine Fingerabdrücke, keine biologischen Spuren, nur ein Stück Faden von einem Seil. »Sieht so düster aus wie das Wetter«, brummelte Leutnant L. und zeigte in Richtung Fenster. Inzwischen stand laut Liste des Museums auch der materielle Schaden fest: 250.000 Mark.

## Berlin-Lichtenberg

Armin N. wollte Naturforscher werden. Einer wie Alexander von Humboldt. Er wollte die Welt bereisen, unbekannte Volksstämme entdecken, fremde Sprachen studieren und in den Zeitungen und im Fernsehen gefeiert werden. Er träumte davon, auf wissenschaftlichen Kongressen zu reden und ein großer Wissenschaftler zu sein. Doch leider waren die Noten seines Abiturzeugnisses so schlecht, dass er nicht einmal studieren durfte. Armin N. wurde Maurer und half, sozialistische Plattenbauten hochzuziehen. Die Arbeit machte ihm sogar Spaß. Schon bald war er Brigadier und hatte eine Truppe von zwölf Leuten unter sich. Als Vorarbeiter machte er die Arbeitspläne, teilte die Leute für die Arbeit auf verschiedenen Baustellen ein und war verantwortlich für die fristgerechte Fertigstellung des jeweiligen Bauabschnitts. Er war beliebt, was nicht zuletzt darauf zurückzuführen war, dass er schon mal ein Auge oder auch zwei zudrückte, wenn Materialien wie von Geisterhand von der Baustelle verschwanden. Mal waren es ein paar Heizkörper, dann wieder ein oder zwei Badewannen oder Armaturen für Bad und Küche. Ob er selbst jemals etwas mitgenommen hatte, wurde nie geklärt.

Einmal in der Woche traf er sich mit Freunden zum Skatspiel. Das war meist der Freitagabend, an dem seine achtjährige Tochter Doreen bei der Mutter war. Die restlichen Abende verbrachte der alleinerziehende Vater mit Doreen zu Hause. Denn seine wirkliche Liebe gehörte der Erforschung der Welt. Zwei Regalreihen voller Bücher mit Geschichten von Abenteurern, die die Welt erkundet hatten. Besonders die Mineralien hatten es ihm angetan. Die kleinen, zum Teil scharfkantigen Steine, die jedermann auf der Straße mit dem Fuß weggekickt hätte, wurden seine große Leidenschaft. Er sammelte Steine aus aller Welt, die katalogisiert, mit dem exakten Hinweis auf den Fundort beschrieben, in zwei Glasvitrinen lagen. Er war Mitglied in einem Mineralogie-Zirkel und besuchte an den Wochenenden Tauschbörsen. Hier traf er sich mit Gleichgesinnten und fachsimpelte über das, was andere unter Geröll verstanden. »Wer unsere Erde und das Universum verstehen will, der muss wissen, woraus sie bestehen«, pflegte er seinen Arbeitskollegen, Freunden und seiner Tochter zu sagen, wenn sie den Kopf über sein ausgefallenes Hobby schüttelten. Armin N. war ein ruhiger Zeitgenosse, der unauffällig durchs Leben ging. Er zahlte pünktlich seinen Parteibeitrag, war Mitglied im

FDGB, und Doreen hatte er bei den Jungen Pionieren angemeldet. Wenn seine Tochter für ein paar Tage bei der Mutter war, nutzte Armin N. die Zeit für waghalsige Klettertouren in der Sächsischen Schweiz.

## Vier Tage später

Wir hatten trotz Minimalbesetzung das Nötigste in die Wege geleitet. Eines war klar, der Täter musste über geologische Kenntnisse verfügen. Also lag es nahe, die Angestellten des Museums unter die Lupe zu nehmen. Doch bei der ersten Überprüfung kam keiner von ihnen in Betracht. Alle hatten einen guten Leumund, lebten in ordentlichen Familienverhältnissen, keiner hatte Schulden, und sie waren auch vom Ministerium für Staatssicherheit (MfS) bei ihrer Einstellung überprüft worden. Mit anderen Worten: alles für die Katz. Die Überprüfung der Geologischen Zirkel stand noch aus. Ebenso die Antwort des Kulturbunds, der Arbeitsgruppen, Zirkel und Interessengemeinschaften zusammenfasste und leitete. Entweder war der Dieb selbst Sammler oder der Diebstahl wurde im Auftrage eines Sammlers unternommen. Bisher hatten wir mit zwei Vereinen Kontakt aufgenommen, doch ebenfalls ohne Erfolg.

Ich selbst hatte mich mit einem Wissenschaftler getroffen, der mich bat, ihn aus Zeitmangel in seinem Büro in der Humboldt-Uni zu befragen. Professor T. war ein Mann von Welt. Dunkelblaues Hemd, gestreifte Fliege und Weste. Sein starker sächsischer Dialekt wollte gar nicht zu seinem noblen Aussehen passen. Doch er war ein angenehmer Plauderer, der es schaffte, dass ich ihm mehr als eine Stunde zuhörte. Er erzählte von Vulkanausbrüchen, Mars- und Mondgestein und von Funden in der Atacamawüste. Gut für meine Allgemeinbildung, für den Fall allerdings nicht von Bedeutung. Als ich ging, hatte ich zumindest noch die Telefonnummer eines Berliner Steinesammlers in der Tasche.

Am nächsten Tag besuchte ich noch einmal das Museum. In aller Ruhe ließ ich den Tatort auf mich wirken. Der Raum mit den gewaltsam geöffneten Schaukästen war immer noch abgesperrt und eine Schulklasse drängte sich hinter dem Flatterband an der Tür. Ein Junge, vielleicht vierzehn oder fünfzehn Jahre alt, erklärte seinen Mitschülern, der Einbrecher sei mit Sicherheit ein Außerirdischer, der sich die Steine seines Heimatplaneten zurückgeholt habe. Alles lachte. Ich grinste. Eine spannende Geschichte für einen Science-Fiction-Autor. Ein Blick der Lehrerin brachte ihn zum Schweigen. Stattdessen erzählte sie den Jugendlichen die Geschichte der Mineraliensammlung des Museums: »Das Naturkundemuseum in unserer Hauptstadt der DDR blickt auf eine lange Geschichte zurück. Mit Sammlungen, die aus aller Welt im vergangenen und diesem Jahrhundert zusammengetragen wurden, konnte es immenses Wissen generieren. Die mineralogische Schausammlung zeigt …«

Die Lehrerin leierte den auswendig gelernten Text herunter, die Kinder gähnten. So richtig spannend fanden sie die Geschichte des Museums offensichtlich nicht.

## Mittwoch, 5. November 1986, Dezernat X

Es war wie verhext. Obwohl wir in alle Richtungen ermittelt hatten, kamen wir keinen Schritt voran. Wir hatten sogar ein Fahndungsblatt mit den Fotos der Steine
drucken lassen und eine DDR-weite Fahndung ausgelöst und an alle wissenschaftlichen Institute, Kulturhäu-
ser und Amateurgeologen verschickt. Hinweise gab es
mehr als genug. Doch es war nichts Brauchbares dabei.
Da wir genug andere Fälle zu bearbeiten hatten, eine
Wohnungseinbruchserie durch eine Mädchenbande,
zwei schwere Vergewaltigungen, bei denen wir noch
nicht wussten, ob sie vom gleichen Täter begangen worden waren, und ein diebisches Zimmermädchen, das
offensichtlich für das MfS arbeitete, geriet der »Steine-
klau« etwas in den Hintergrund.

Ich vernahm gerade die Anführerin der Mädchenbande und war überrascht, wie charmant sie war. Blon-
de Locken, zartes Gesicht, schlanke Figur und Augen,
die jedermann zweifeln ließen, dass die Zwanzigjährige
jemals etwas Unrechtes tun könnte. Sie schilderte mir in
allen Einzelheiten, wie leicht es gewesen war, die Woh-
nungsschlösser zu knacken. Dabei strahlte sie mich an,
als erwarte sie ein Lob. In diesem Moment streckte Helga ihren Kopf in mein Büro und winkte mich heraus.

»Kollege Marmulla, da ist jemand, der will Sie unbedingt sprechen. Es geht um den Museumseinbruch.«

»Setzen Sie ihn ins Besucherzimmer, ich komme
gleich.« Dann ließ ich die junge Frau in die Arrestzelle
zurückbringen, was mir etwas leidtat.

Der Mann im Besucherzimmer hingegen nicht. Es war ein aufgeblasener, hochnäsiger Typ, den ich von den Vernehmungen nach dem Einbruch her kannte und in unangenehmer Erinnerung hatte. »Der Täter hat schon wieder zugeschlagen, ist immer noch auf freiem Fuß. Gestern haben wir festgestellt, dass schon wieder ein paar wertvolle Mineralien verschwunden sind. Wie kann das sein? Ich verstehe das nicht.«

Ich muss gestehen, seine Aussage überraschte mich. Nach unseren Ermittlungen waren wir davon ausgegangen, dass es sich um eine einmalige Tat gehandelt hat. Auf seine leicht vorwurfsvolle Art ließ ich mich allerdings nicht ein. *Bleib ruhig, Berndt*, sagte ich mir und lächelte ihn an. Ich ließ mir eine Liste der verschwundenen Steine geben, bedankte mich für sein Kommen und war froh, ihn los zu sein.

Nun begann die ganze Arbeit wieder von vorn. Ich schickte zwei Kollegen zum Ermitteln in die Invalidenstraße und bat Axel B., nach eventuellen Spuren zu suchen. Das ganze Programm also noch einmal. Aber wie nicht anders zu erwarten, auch diesmal kein handfestes Ergebnis. Auffällig war allerdings, dass die oder der Täter keine Gewalt an den Vitrinen angewandt hatten. Kein Schloss geknackt, keine Scheibe zerschlagen. Und noch etwas fiel uns auf: Die meisten Teile waren aus dem Archiv gestohlen worden und die, die aus den Ausstellungskästen verschwunden waren, hatte der Dieb durch minderwertige Steine ersetzt. Deshalb waren die Diebereien auch nicht sofort aufgefallen und das auch nur durch einen glücklichen Umstand. Ein

Museumsbesucher, ein Amateur-Meteoritensammler, hatte bemerkt, dass das Ausstellungsstück nicht das war, was auf dem Etikett stand. Er meldete das sofort der Museumsleitung, und die anschließende Überprüfung ergab, dass ungefähr dreißig Stücke verschwunden oder ausgetauscht worden waren. Doch diesmal deutete alles auf einen internen Täter hin. Vorsichtig überprüften wir noch einmal alle Angestellten. Dabei fiel Oberleutnant Holger N. auf, dass eine Leipziger Studentin, die an der Humboldt-Uni eingeschrieben war, sich verdächtig benahm. »Berndt, das Mädel ist nicht sauber. Ich kann dir nicht erklären, was es ist. Aber sie schleicht immer da herum, wo wir ermitteln, will wissen, wie weit wir sind, und ist ziemlich nervös, wenn ich sie befrage. Die hat Dreck am Stecken, das sage ich dir.«

Silvia P. war dreiundzwanzig Jahre alt, hatte eine Wohnung in Leipzig und ein Zimmer in Berlin und studierte Archäologie an der HU. Seit vier Monaten war sie Praktikantin am Museum und wurde von den Kollegen und auch von der Leitung als interessiert und umgänglich beschrieben. Aber das sollte gar nichts heißen. Vor mir haben schon Serientäter gesessen, mit denen hätte ich, wäre ich ihnen nicht beruflich begegnet, auch mal ein Bier getrunken. Was mir Holger N. über die Frau erzählte, reizte mich, sie mir persönlich anzuschauen. Ich entschied mich, das am nächsten Tag vor Ort zu machen, weil ich glaubte, dass ich ihre Reaktionen am Tatort am besten beobachten konnte.

Dann bat ich die Kollegen Jürgen L. und Milan J., sich über die Studentin schlauzumachen. Auf gut Deutsch hieß das: Privates Umfeld in Leipzig und Berlin checken und ihre finanzielle Situation überprüfen. Noch am gleichen Abend hatte ich die ersten Ergebnisse auf dem Tisch. Die Wohnung in Leipzig lag in einem Plattenbau, und sie selbst war, nach Aussagen der Nachbarn, nicht auffällig. Da die Wohnung im Hochparterre lag, hatte sich der Leipziger Kollege die Mühe gemacht, durch das Fenster in das Zimmer zu schauen. Seinen Eindruck schilderte er mir am Telefon: Eine Schlafcouch, ein Tisch, zwei Stühle und ein Regal mit Büchern – das einzig Auffällige war das Jimmy-Hendrix-Poster an der Wand. Ganz anders dagegen die Aussagen ihrer drei Mitbewohner der Berliner Wohnung, die wir zum Stillschweigen verpflichtet hatten. Olaf H., ihr Mitstudent, erzählte, sie hätte mehrmals Mineralien mitgebracht und erklärt, die habe sie von ihrem neuen Freund geschenkt bekommen. Doch die Sachen blieben nie lange in ihrem Zimmer. Meist waren die Steine nach ein paar Tagen wieder weg. Doch kurz darauf brachte sie bereits neue mit. Komisch war es auch, dass sie ihren neuen Freund nie mitbrachte. »Das hat uns alle gewundert, zumal Silvia ziemlich, sagen wir mal, erotisch für alles offen war.«

*Wer erotisch offen ist, muss ja noch lange keine Edelsteine klauen*, dachte ich. Aber eigenartig fand ich das schon. Zumal in weiteren Gesprächen noch herauskam, dass Silvia sich in der letzten Zeit Westklamotten im Intershop gekauft hatte und eine »Simson S51 N«.

Jetzt wurde es spannend. Die Überprüfung ihres Kontos ergab, dass sie in den letzten drei Monaten immer mal wieder Summen zwischen 300 und 800 Mark

eingezahlt hatte. Insgesamt waren das 6.700 Mark. Ein
ganz schöner Batzen Geld für eine dreiundzwanzigjäh-
rige Studentin ...

## Donnerstag, 6. November 1986

Wider Erwarten war ich heute nicht der Erste im Büro.
Holger N. war schon da. Auf meine Frage, ob er aus dem
Bett gefallen wäre, legte er mir seinen Bericht über Silvia P. auf den Tisch. »Wenn du zwei Minuten Zeit zum
Zuhören hast, brauchst du den Quatsch gar nicht lesen.
Ich war gestern noch einmal im Museum und habe
mich bei ihren Kolleginnen umgehört. Und was erfahre
ich? Eine ältere Dame aus der Verwaltung verriet mir
mit geheimnisvollen Worten, unsere Studentin hätte
sich mehrmals auffällig verhalten. Zweimal habe sie sich
im Archiv eingeschlossen und hinterher behauptet, sie
wollte nicht gestört werden. Ein andermal hat die Dame
sie dabei erwischt, wie sie eine Vitrine aufgeschlossen
hat. Als sie sich beobachtet sah, behauptete sie, für den
Professor etwas holen zu müssen. Die Geschichte wäre
ihr zwar sehr sonderbar vorgekommen, aber sie habe
nichts weiter unternommen. Erst jetzt, als das mit den
Diebstählen rauskam, wäre ihr das wieder eingefallen.
Und, Berndt, was sagste nun?«

»Du bist der Größte, kommst gleich nach mir«, lachte
ich und klopfte ihm auf die Schulter. Danach machte
ich mich auf den Weg ins Museum, um Silvia auf den
Zahn zu fühlen.

Ich traf sie in ihrem Arbeitszimmer, einem kleinen, verstaubten Raum im ersten Stock. Ich hatte mir vorgenommen, nicht lange um den heißen Brei herumzureden und gleich zum Punkt zu kommen. »Frau P., woher haben Sie das Geld für die ›Simson‹, und von woher stammt das Geld auf Ihrem Konto?« Ich sah deutlich den Schreck in ihrem Gesicht. Meine Rechnung war aufgegangen. Bevor sie antworten konnte, machte ich weiter. »Leugnen ist zwecklos. Zurzeit durchsuchen zwei Beamte Ihr Zimmer. Was glauben Sie, werden sie dort finden?«

Sie versuchte erst gar nicht, zu lügen. Stattdessen fing sie an, zu weinen, und gab sofort alles zu. Ihr letzter Freund habe sie verlassen, und aus Frust habe sie die Diebstähle begangen. Sie bat mich, ihr keine Handschellen anzulegen. Sie schäme sich vor ihren Kollegen. Ich tat ihr den Gefallen und war froh, den Fall so schnell zu Ende gebracht zu haben.

Aber zum Jubeln gab es keinen Grund, denn immer noch lief der »Fassadenkletterer« frei herum. Doch immer neue Fälle häuften sich auf meinem Schreibtisch, und so blieb der Einbruch ins Naturkundemuseum erst einmal ungeklärt.

## Vierzehn Monate später, Januar 1988, Königs Wusterhausen bei Berlin

Armin N. rieb sich die Hände. Das Geschäft war mit Handschlag besiegelt worden. Einen schriftlichen Vertrag gab es nicht. Wussten doch Käufer und Verkäufer, dass ihr Geschäft nicht legal war. Der Rhodochrosit hatte den Besitzer gewechselt und Armin N. 4.000 Mark in der Hosentasche. Gleich morgen würde er drei Wochen Urlaub an der Bulgarischen Schwarzmeerküste mit seiner Tochter buchen. Mit sich und der Welt zufrieden, verabschiedete er sich per Handschlag vom Käufer und verließ die Mineralien-Sammlerbörse in Königs Wusterhausen. Dass es mit der Urlaubsbuchung nicht klappte, verdankte er der Aufmerksamkeit eines anderen Sammlers, dem der Edelstein aufgefallen war und der glaubte, das Foto vor Monaten in einem Fahndungsblatt gesehen zu haben. Da er sich jedoch nicht sicher war, wollte er heute Abend erst noch einmal zu Hause nachschauen.

## Mittwoch, 27. Januar 1988,
### Polizeipräsidium am Alexanderplatz

Mich hatte es mächtig erwischt. Die Nase lief wie ein Wasserfall, ich hustete wie verrückt, und mein Schädel dröhnte, als hätte ich drei Tage durchgemacht. Gabi drückte mir das Fieberthermometer in die Hand. Ich legte es beiseite. Wenn ich jetzt auch noch Fieber hätte, wäre der Tag endgültig im Eimer. Nicht messen hieß, gesund sein. Basta! Gabi ließ mir meinen Kinderglauben. Sie kannte mich schließlich lange genug. An der Tür band sie mir allerdings noch den dicken roten Schal um.

Klaus K., der gleich um die Ecke wohnte, holte mich mit seinem »Škoda« ab. Als Helga mich sah, zuckte sie

**155**

zurück. »Oh, bleiben Sie weg, Sie sind ja eine Bazillen-schleuder«, meinte sie und drückte mir einen Zettel in die Hand. Ich solle die Kollegen von der Inspektion Lichtenberg anrufen. Warum, stand nicht drauf. Bei den Lichtenbergern wäre gestern ein Mann erschienen und hätte erklärt, er könne etwas zum Einbruch ins Naturkundemuseum sagen. Ich ließ mir seinen Namen und die Adresse seiner Arbeitsstelle geben und machte mich mit Holger N. auf den Weg.

Egon R. war Kranführer und schwebte gerade zwanzig Meter über der Erde. Wir warteten in der kleinen Not-Kantine auf der Baustelle und tranken heißen Tee, bis der Kollege Kranführer bei uns war. Und das, was er uns erzählte, hörte sich aufregend und spannend an. Er schilderte, dass er am Sonntag auf einer Minerali-en-Tauschbörse gewesen sei. Dort habe er gesehen, wie am Nebenstand ein Rhodochrosit den Besitzer gewechselt habe, und er wüsste, dass der rosa Edelstein auf einem Fahndungsplakat stünde. Da er den Mann von anderen Veranstaltungen her kannte, wusste er auch seinen Namen. Wir bedankten uns und fuhren ins Präsidium zurück.

»Mensch Berndt, mit etwas Glück haben wir den Täter im Sack«, meinte Holger.

Ich beantragte einen Durchsuchungsbeschluss und bat zwei wissenschaftliche Mitarbeiter des Museums, bei der Hausdurchsuchung dabei zu sein.

Zu sechst standen wir vor der Tür von Armin N. und klopften. Ein kleines Mädchen öffnete uns. »Ach du Scheiße«, brummelte Holger, »was machen wir jetzt?«

Auf keinen Fall wollten wir im Beisein der Tochter die Wohnung auf den Kopf stellen. Zum Glück wohnte die Oma im Nebenhaus, und wir brachten sie zu ihr.

Fein säuberlich und dekorativ, auf schwarzem Samt gebettet, fanden wir große Teile der Mineralsammlung in drei Vitrinen im Wohnzimmer vor. Wie sich herausstellte, war das ungefähr die Hälfte des Diebesguts. Ein Funkwagen brachte die Mineralien in das Präsidium, und wir alle waren auf seine Geschichte gespannt.

Inzwischen wussten wir auch, dass Armin N. nicht vorbestraft war und einen guten Leumund hatte im Wohngebiet sowie auf der Arbeitsstelle.

Die in der Wohnung von Armin N. aufgefundenen und beschlagnahmten Steine

Holger und ich nahmen ihn uns vor. Bereits bei der Wohnungsdurchsuchung hatte er andeutungsweise die Tat schon zugegeben. »Also, Herr N., nun mal raus mit der Sprache. Wie ist die ganze Geschichte abgelaufen?«

Holgers kumpelhafte Art machte offensichtlich Eindruck, und N. fing an, zu reden: »Herr Kommissar, Sie müssen wissen, ich wollte das doch gar nicht. Ehrlich! Ich war mit meinen Kumpels unterwegs gewesen und hatte ordentlich getankt.« Nun schaute er abwechselnd Holger und mich an. Wir schwiegen. »Das müssen Sie mir glauben. Wirklich, ich habe das nicht gewollt. Als ich an diesem Museum vorbeikam, schoss mir plötzlich diese Schnapsidee in den Kopp. Und dann lag da auch noch die Tüte mit der Strickleiter und dem Glasschneider.«

Holger sah mich an. Ich wusste, was er dachte: *Der Typ verarscht uns.* Aber wir ließen ihn erst einmal in dem Glauben, dass wir ihm die Geschichte abnahmen.

»Was haben Sie mit den restlichen Steinen gemacht?«, wollte ich von ihm wissen. Es war spannend, zu erleben, wie sich sein Hirn um eine Antwort bemühte, die ihm nicht zum Verhängnis werden sollte. Ich stellte mir vor, wie lauter kleine Männchen nach einer Erklärung suchten.

»Ich habe einen Ungarn kennengelernt, der an den Steinen interessiert war. Er kaufte sechs Stück und wollte sie nach Ungarn, Bulgarien und nach Russland bringen.«

»Woher kannten Sie den Mann?«

Armin N. schwieg erneut, und wir ließen ihm Zeit zum Überlegen.

»Ich habe ihn in der *Sinus*-Bar im *Palasthotel* kennengelernt. Sie wissen sicherlich, was sich da jeden Abend abspielt, oder?«

Natürlich wussten wir das. Die Bar war als Anbahnungsstätte für erotische Abenteuer bekannt. Doch wir taten so, als wären wir ahnungslos.

»Na ja, wer ein bisschen Geld hat, ich meine natürlich, Westgeld, kann sich da hervorragend amüsieren. Die Frauen sind offen für alles.«

Das war der erste Fehler, den er gemacht hatte, ohne es zu merken. Woher hatte er denn das Westgeld für diese Art von Abenteuer? Aber dazu wollten wir ihn später befragen. Erst einmal hörten wir uns seine weitere Geschichte an.

»An der Bar kam ich mit einem Mann ins Gespräch, der sich Laszlo nannte und eine Menge Geld in der Tasche hatte. Irgendwann habe ich ihm von den Steinen erzählt, und er wollte sie kaufen. Er hätte Freunde, die Mineralien sammeln, und könne einen guten Preis erzielen. Na ja, so gab ein Wort das andere, und am nächsten Tag kam er zu mir, legte 6.000 Mark auf den Küchentisch und verschwand mit dem Zeug.«

Da Armin uns auch den Nachnamen des Ungarn nennen konnte und wusste, dass er aus Cottbus kam, hatten wir ihn schnell ermittelt. Bei der Hausdurchsuchung fanden wir die Steine in einem Schuhkarton unter dem Schnappsofa. Der Fall war geklärt, und bis auf zwei Steine, die Armin zerkleinert hatte, um die Splitter zu verkaufen, und zwei weiteren, die noch verschwunden waren, war auch das Diebesgut wieder da.

Noch einmal ließ ich Armin N. zum Verhör vorführen und konfrontierte ihn ohne Umschweife mit der Frage, woher das Westgeld stamme und wo die zwei noch verschwundenen Steine wären.

Nun druckste er herum, denn spätestens jetzt war ihm klar, dass er mit der Wahrheit herausrücken musste. »Die beiden Steine habe ich an einen Westberliner verkauft. Ich glaube, die liegen jetzt in einem Museum in der BRD. Er hat mir 2.100 Westmark dafür gegeben.« Er schaute mich an, als erwarte er ein Lob für seine Aussage.

»Wo haben Sie den Mann kennengelernt?«

»Auch in der *Sinus*-Bar. Den Tipp hatte mir der Ungar noch gegeben. Da die Steine nicht besonders groß waren, hatte ich sie in meiner Tasche dabei, und wir tauschten auf dem Klo Steine gegen Geld.«

Dass seine Geschichte nur die halbe Wahrheit war, lag auf der Hand. Kein Mensch konnte nach durchzechter Nacht fünf Meter an einer Hauswand hochklettern und sich dann aus dieser Höhe abseilen. Und dass zufällig auch eine Tüte mit Glasschneider und Strickleiter vor dem Museum lag, hätte ihm selbst meine Großmutter nicht geglaubt. Doch so sehr wir ihn auch in die Mangel nahmen, er blieb bei seiner Version, und wir konnten ihm das Gegenteil nicht nachweisen.

Unsere Arbeit hatten wir gemacht. Auch wenn wir am Ende nicht zufrieden waren. Mit so einem Ergebnis muss auch der beste Kriminalist leben. Aber nach ein paar Tagen Frust ist auch das vergessen. Glaubwürdig oder nicht, das muss letzten Endes das Gericht entscheiden. Und das Urteil von fünf Jahren Haft zeigte, dass auch der Richter ihm nicht geglaubt hatte.